新任目付

本丸 目付部屋 6

藤木 桂

二見時代小説文庫

目次

第一話　貼り紙　7
第二話　密通　83
第三話　水難　143
第四話　抱え屋敷　191
第五話　表裏《ひょうり》　237

新任目付——本丸 目付部屋 6

新任目付――本丸目付部屋6・主な登場人物

妹尾《せのお》十左衛門《じゅうざえもん》久継《ひさつぐ》…十名いる目付方の筆頭を務める練達者。千石の譜代の旗本。

牧原《まきはら》佐久三郎《さくさぶろう》頼健《よりきよ》…奈良奉行に転任した清川の後任として奥右筆組頭《おくゆうひっくみがしら》より目付となった切れ者。

桐野《きりの》仁之丞《じんのじょう》 忠周《ただちか》…使番《つかいばん》から目付となった若者。穏やかな性格にして頭の回転が速い。

蜂谷《はちや》新次郎《しんじろう》勝重《かつしげ》……徒頭《かちがしら》から目付方へと抜擢された男。

西根《にしね》五十五郎《いそごろう》恒貞《つねさだ》…目付の中でも辛辣で世間を斜めに見るようなところを持つ男。

赤堀《あかほり》小太郎《こたろう》乗顕《のりあき》……小十人頭《がしら》から目付となった男。目付方にあって一番優しく朗らかな男。

本間《ほんま》柊次郎《とうじろう》……目付方配下として働く若く有能な徒《かち》目付。

岩本《いわもと》悦賢《えつけん》……古参ぞろいの表坊主組頭にあって一番の顔役とも言える古株。

松平《まつだいら》右近将監《うこんのじょう》武元《たけちか》…老中首座、上野館林藩五万四千石の藩主。

松平《まつだいら》右京大夫《うきょうだいぶ》輝高《てるたか》……次席老中。上野高崎藩八万二千石の権力者。

坪塚《つぼづか》巾太夫《きんだゆう》……百俵四人扶持の表台所《おもてだいどころ》組頭。十九歳も若い千代《ちよ》を後妻に迎えた。

高木《たかぎ》与一郎《よいちろう》……有能と評判の古参の徒目付。

依田《よだ》和泉守《いずみのかみ》政次《まさつぐ》……十四年を越え北町奉行の任に当たる器の大きい男。

橘《たちばな》 斗三郎《とさぶろう》……四人いる徒目付組頭の中で特に目付の信頼を集めている、十左衛門の義弟。

浅沼《あさぬま》弥五郎《やごろう》……牧原佐久三郎が奥右筆となった折に指南役を務めた古参の奥右筆。

第一話　貼り紙

一

明和《めいわ》五年（一七六八）卯月《うづき》の半ば、春ももう終わろうという時分のことである。

目付から奈良《なら》奉行へと転任していった清川理之進政義《きよかわみちのしんまさよし》の穴を埋めて、新任の目付として入ってきたのは「牧原佐久三郎頼健《まきはらさくさぶろうよりきよ》」という名の三十七歳の男であった。

以前は日々、御用《ごよう》部屋に出入りをし、老中方や若年寄方の秘書として定員二名きりの奥右筆組頭《おくゆうひつくみがしら》の一人を務めていた、あの「切れ者」の牧原佐久三郎である。

目付部屋では、こたび転出した清川の代わりに、誰を新任目付として迎えるかにあたり、実に十日あまりもかけて牧原について調査をし、幾度となく合議も重ねた。

もとより新任目付の人選は、目付方の筆頭である妹尾十左衛門久継《せのおじゅうざえもんひさつぐ》をはじめとした、残り九人の目付に任されている。

「目付は、武家の鑑《かがみ》（手本）。上様より、よろず善悪の裁断《さいだん》を任されているからには、その人物は心身ともに強健であり、謹厳実直にして私欲なく、いつ誰に対しても公平公正であらねばならぬ。ゆえに目付は、外部《そと》よりのいっさいの圧力《ちから》を受けぬよう、目付ら自身が目を利《き》かせ、鼻を利かせて、『この人物なれば！』という者を仲間に選ぶのが道理である」

というのが幕府の考えで、つまりは数多《あまた》ある幕府の役職のなかでも唯一、目付方のみが独立性を認められているのだった。

その特権を大いに使わせてもらい、こたび十左衛門ら九人の目付たちは、普通であれば、ほぼ目付の職には選出される可能性のない奥右筆組頭のなかから「牧原佐久三郎」を選んで、引き抜いてきたのである。

通常、新規に目付を選ぶ場合、まず最初に候補として挙げられるのは、『小十人頭《こじゆうにんがしら》』や『徒頭《かちがしら》』といった歩兵の隊を預かる番方《ばんかた》の長官か、もしくは将軍の使いとして、あれやこれやと立ち働くのが役目の『使番《つかいばん》』であった。

事実、筆頭の十左衛門や、転出していった清川、目付のなかでは一番若い桐野《きりの》などは『使番』からの転任であったし、小原《おばら》に西根《にしね》、赤堀《あかほり》の三人は『小十人頭』、蜂谷《はちや》と稲葉《いなば》は『徒頭』の出身で、三役以外から転入してきたのは『勘定吟味役《かんじょうぎんみやく》』を務めていた佐竹《さたけ》と、上様の側近として『小納戸《こなんど》』を務めていた荻生《おぎゅう》の二人きり。

　そのうち佐竹甚右衛門《じんえもん》については、元来が目付方のなかでただ一人の『勝手掛《かってがかり》』として、幕府の財政を預かる『勘定方』に不正や怠慢がないよう監察してもらうため、勘定吟味役から引っ張ってきた人材であったし、もう一人の荻生朔之助《さくのすけ》にいたっては、「有能にして人物も間違いない」と上様より直々《じきじき》のご推薦があり、その後、十左衛門ら目付方の調べでも、荻生が目付の職を務めるに適した人物であると判明したため、小納戸方から目付方へと移ってもらったのである。

　ただ、こたび牧原佐久三郎を目付方に迎えるにあたっては、いつものように簡単にはいかなかった。

　目付部屋での人選の合議にて、

「奥右筆組頭の『牧原佐久三郎』ではいかがでございましょうか？」

　と、最初に牧原の名を挙げてきたのは、稲葉徹太郎《てつたろう》である。

「かの御仁なれば、何ぞ案件を任せましても、調査《しらべ》の勘所《かんどころ》を読み違えるということもございませんでしょうし、配下《ひと》の手配なんぞも、さぞかし巧《うま》くいたしますことと存じまして……」

稲葉の言う牧原の評価は、実に、妥当であった。

奥右筆方は、老中や若年寄の執務室である御用部屋から廊下一つ隔てただけのところに詰所を与えられており、老中方や若年寄方から交付される文書の起草や清書をしたり、雑用の坊主《ぼうず》たちには任せられない重大な内容の伝達に走ったりと、つまりは御用部屋付きの秘書として、さまざまに動いている。

なかでも二名きりしかいない組頭は、日々、御用部屋に上げられてくる願書や意見書のすべてに目を通して、必要があれば平《ひら》の奥右筆たちに命じて、老中ら忙しいお歴々が読みやすくなるよう内容の要点をまとめさせもするし、もしその上申《じょうしん》に疑問や不審点があれば先立って調査させ、見比べられる先例があったほうがよさそうだと思えば、過去の資料から参考になりそうなものを探させたりもするのである。

そうやって自身の勘や才覚で、日々臨機応変に配下を上手《うま》く使いながら多くの仕事を並行してこなしていくところは、まるで目付と同じであった。

おまけに奥右筆組頭のなかでも牧原は、「仕事にむだな私情を挟まず、常に迅速かつ的確に、何でも上手《うま》く処理してくれる」と、老中や若年寄たちより絶対的な信頼を置かれていて、それゆえ御用部屋の意向を伝える使者として、目付部屋にも時折、顔を出すのである。

むろん本来、目付部屋には、目付方の人間以外は近づけないようになっている。目付方以外で入室を許されているのは、目付部屋専任で雑用に働いている表坊主たちと、日々忙しい十左衛門ら目付たちに茶を点《た》てて振舞ってくれる茶坊主たち数名だけで、だがそうした者たちは皆、純真で口の堅い子供の坊主なのだ。

この絶対的に外部の者を寄せつけない目付部屋にあって、唯一、目付方以外の成人した他役の者で入室を許されているのが、御用部屋との繋ぎ役である『奥右筆方』の者たちなのである。

そんな経緯もあって、稲葉が牧原佐久三郎の名を挙げてきた時、「なるほど、あの牧原どのなれば、立派に目付もこなせるに違いない」と十左衛門も思ったのだが、ただ牧原を目付仲間に加えるには、一つだけ、致命的といえる問題があった。

牧原が就いている奥右筆組頭の職の格が、役高・千石の目付の職に上げるには低すぎることだった。

奥右筆組頭の役高は、四百俵である。

対して、よく新任目付の候補として挙げられる小十人頭や徒頭、使番の役高は、目付と同じ千石高。つまり役高のことのみで考えれば、千石高どうしで変わらず横移動にすぎないのだが、それでもやはり「目付になれる」ということは、使番ら千石高の三役にとっても大変な名誉であり、武家社会のなかでは誰の目にも明らかな出世なのである。

目付は役目柄、「清貧」を旨《むね》としている。それゆえ幕府のなかでは、あれやこれやと重要な仕事を任されている格の高い役職であるにもかかわらず、役高としては千石と、さして高くもない役高に、わざと設定されているのだ

そんな事情もあって、新任目付に牧原佐久三郎を加えるか否かについては、目付部屋でも最初は賛否が分かれていて、

「稲葉どのの申されるよう、牧原なれば目付の職にも申し分なかろうが、やはり奥右筆組頭からでは無理であろう」

「いくら何でも四百俵から千石では、役高に差がありすぎる」

と、ことに元来が保守派の小原孫九郎《まごくろう》と荻生朔之助の二人は、迷うことなく「反対」と、はっきりと口に出した。

だが筆頭の十左衛門は、この「誰よりも反対している」二人の言葉に、かえって心を決めたのである。

「おのおの方。やはり拙者は、『牧原どの』がよろしかろうと存ずる」

十左衛門がそう心を決めた理由は、ただ一点であった。筆頭の自分を含めた九人の

目付全員が、牧原の能力や人物を「良し」としていて、「目付の職には、ぴったりだ」と、認めているからである。

はっきりと反対している小原や荻生ですら、「牧原なら、目付ができよう」と、そこだけは認めていて、二人とも反対の理由は「役高の差異」なのだ。

十左衛門は目付仲間一同の顔を一人ずつ見渡しながら、必ず皆が自分と同様、「目付部屋には、やはり牧原どのをお迎えしよう」と決めてくれることを確信していた。

「そも目付は、いつ誰に対しても『公平公正』が信条でござろう。なれば、たかだかお役高が低いというだけで、『牧原どのは目付にできぬ』と決めつけるのはおかしかろう。縦《よ》し、上《うえ》つ方《かた》から『四百俵を目付に上げるとは何事だ!』とお叱りを受けようとも、やはり新任目付は、我ら目付が選ぶべきにござる」

こうして目付一同、皆で選んで迎え入れた牧原の、今日は初出仕の日であった。

以前、桐野が新任の際にもそうだったのだが、新参目付の指南役《しなん》には、基本、筆頭の十左衛門が自ら就くようにしている。

本日の当番目付は蜂谷新次郎《しんじろう》と桐野仁之丞《じんのじょう》で、前夜からの宿直番《とのい》は、西根五十五郎《いそごろう》と佐竹甚右衛門の二人であった。

目付方では、日中も夜間も途切れなく城内の緊急時に対応することができるよう、朝から夕刻にかけては二名の『当番』の目付が、夕刻から翌朝にかけては別の二名の『宿直番』の者が、常に目付部屋に駐在するようにしている。

明け六ツ（午前六時頃）過ぎの今は、前日の宿直番から今日の当番へと引き継ぎがなされる時刻で、まずはそれを見学させようと、十左衛門は牧原を連れて、わざわざ明け六ツに登城してきたのである。

はたして十左衛門ら二人が目付部屋へと入っていくと、折り良く、ちょうど当番と宿直番の四人が顔を揃えたところであった。

「おう。これは、牧原どのではござらぬか」

開口一番、朝の挨拶もそこそこに蜂谷が明るく迎え入れてくれて、自然、初出仕の牧原を取り囲む形となった。

牧原のほうはといえば、さすがに今日が初めてとあって緊張しているのか、奥右筆組頭の頃のような、余裕の風《ふう》は見られない。そうしてやおら先輩目付方々を前に正座をすると、畳に手をついて平伏した。

「改めまして、本日より末席に加えていただきます。佐竹さま、蜂谷さま、西根さま、桐野さま、どうぞよろしゅうお願いつかまつりまする」

「ああいや、顔を上げられよ、牧原どの」

声をかけてきたのは、またも蜂谷新次郎である。そうして、その生来の屈託のなさと明るさで、要《い》らぬことまで口走った。

「これよりは、みな同様に、ご同輩……。御禄《おろく》のことなどはお気になさらず、何でも遠慮のう言うてくだされ」

「ちと、蜂谷どの！」

あわてて横から佐竹甚右衛門が制したが、もう後の祭りである。

佐竹に何を制されたのか、まだ意味が判っていない蜂谷は「え？」と目を丸くしているし、後ろで控えて黙っていた桐野はこの状況にハラハラし、西根はニヤニヤとして愉《たの》しげに付け足した。

「これを聞いて『気にするな』と言っても、まあ無理でござろうな」

「西根どの！」

佐竹が今度は西根のほうを叱った時である。

「失礼をいたします。本間柊次郎《ほんまとうじろう》にござりまする」

外の廊下から声がして、目付部屋の襖《ふすま》を開けて、徒目付の本間柊次郎が入ってきた。

「おお、柊次郎か。どうした？」

十左衛門が声をかけると、本間は待ってましたとばかりに、ご筆頭に駆け寄っていった。

「実は今朝方、『中之口《なかのくち》の湯呑《ゆの》み所《じょ》』に、妙な貼り紙が貼り出されておりまして……」

「貼り紙？」

「はい」

と、本間はうなずいて、困ったように眉を寄せて、後を続けた。

「誰が貼ったか判らぬのでございますが、おそらくは、結構な騒ぎになるのではございませぬかと……」

「よし。なれば、さっそく案内《あない》してくれ。儂《わし》と牧原どので参ろう。さ、牧原どの」

「ははっ」

こうして十左衛門は、初出仕、初仕事の牧原佐久三郎を引き連れて、中之口の湯呑み所へと向かうのだった。

二

中之口というのは、本丸御殿内に勤める役人たちが使用する、御殿裏手の通用口の一つである。

　この中之口は十左衛門ら目付たちのような旗本身分の役人も、その配下として勤務する御家人《ごけにん》身分の下役の者たちも利用するため、大勢がいっぺんに草履《ぞうり》を脱ぎ着して昇降ができるよう、長く回廊のような板敷きになっていた。

　その中之口から入った少し先に、簡易な台所のような設《しつら》えの『湯呑み所』がある。広さにして二十畳余りはあろうか、床は板敷きになっており、茶道具の入れられた棚の横には小ぶりな流し台が備えられ、大きな水甕《みずがめ》も置かれている。部屋の真ん中には囲炉裏《いろり》が切られていて、そこには常時、南部鉄器の大きな茶釜《ちゃがま》がかけられて、湯が沸かされていた。

「くだんの貼り紙と申しますのは、あちらでございまして……」

　案内してきた本間柊次郎の指す先に、なるほど、貼り紙はあった。

　流しを前にして立つと、ちょうど眼前にくるように貼られているのだが、何にせよ、やけに大きい。おまけに遠くからでも楽々読める、太く大きな字で書かれていた。

『湯呑み所で手を洗ってはならない。お直参《じきさん》の他は、湯水《ゆみず》を呑んではならない』

　書いてあるのは、この二行きり。書き手の署名も見られなかった。

「こりゃ、何だ？　どういう意味だ？」

思わず口に出た言葉の通り、十左衛門が首を傾げていると、一歩後ろに控えていた本間も大きくうなずいてきた。

「騒ぎになっておりますのも、そこなのでございまして……」

誰が書いたか、『流しで手を洗うな』という前半までは判るにしても、『お直参の他は、湯水を呑んではならない』という後半の一文は、どうにも理解しがたいものだった。

『直参』という言葉の意味を当たり前にとれば、「徳川将軍家、直々の家臣」ということになろう。

なれば『直参』とは大名から御家人まで、幕府より所領や禄を安堵《あんど》されているすべての武家を指すはずである。

「『直参の他』と申せば、やはり『ご陪臣《ばいしん》』のことでございましょう。けだし本丸御殿のなかでうろうろと、お大名家のご陪臣が得手《えて》勝手に湯茶を呑まれるとは思えませぬが……」

「さようさな」

そう本間にうなずいて、十左衛門は沈思した。

『陪臣』というのは徳川家以外の武家の家臣、すなわち大名や旗本、御家人がそれぞれの家で雇い入れている家臣のことである。

だが基本、本丸御殿には陪臣は入れぬ決まりで、陪臣が御殿に立ち入ることができるのは、大名家の使者として正式に参上する時だけだった。

つまりは本間の言う通り、陪臣が勝手に湯呑み所に入り込み、手を洗ったり、湯茶を呑んだりすることなど、絶対にあり得ないのだ。

「いやしかし、されば一体……」

これは何だと言いかけてやめた十左衛門に、不意に横手から答えがきた。

「『直参』を『旗本だけ』と、狭義《きょうぎ》に思い込んでいるのでございましょう」

そう言ってきたのは、これまでずっと遠慮して控えていたらしい牧原佐久三郎である。

「え？　旗本だけ、とな？」

目を丸くした十左衛門に、「はい」と牧原はうなずいてきた。

「ここは元来、坊主方《かた》の出入りの場所でございますゆえ、この貼り紙もおそらくは、誰ぞ坊主が書きましたものかと……。坊主方には昔から、そうしたところがございます。そも新任の際の誓詞《せいし》にも『お直参には、ゆめ無礼を働いてはならない』と、さようにあるそうでございますから」

「…………」

牧原の話の内容に、十左衛門は一瞬にして顔つきを険《けわ》しくした。

誓詞というのは、どの役方でも新任の者が入った際に、その役職独自の心得や決まりを就任式で誓わせることである。

たとえば目付方にも「柳之間《やなぎのま》誓詞」という、御殿内の柳之間にて目付十人のみが列席して行う就任式の誓詞がある。役目柄、目付は制約も多いゆえ、

「何事にも公平公正を期すため、親類以外の他家とは、親しく付き合ってはならない」

とか、

「目付である自身はもとより自分の家族や家臣たちにも、日々清廉潔白なる、武家の鑑となるような暮らしぶりをさせるように」

などと、さまざま目付としての心得の訓示はあるのだが、その一番最後に、

「仮令《たとえ》、老中の事たりとも、非曲《ひきょく》あらば言上《ごんじょう》すべし」

という一文があった。

つまりは「たとえ老中方のような最高官が相手であっても、もしそこに不正が発覚したならば、いっさい忖度《そんたく》などはせずに、ただちにそれを正すべく上様に言上《ごんじょう》しな

ければならない」という、目付の職ならではの門外不出、他言無用の誓いを、新任目付にもさせるのだ。

実際、こたびも牧原を一員に加えるにあたり、昨日の夕刻、十左衛門ら目付一同は人払いをした柳之間に集まって、この目付方の極秘の誓詞を、新任の牧原に読み上げさせたばかりである。

そんな昨日の次第もあって、牧原も、以前どこぞで聞き知った坊主方の誓詞を思い出したのかもしれなかった。

だが牧原から聞いたこの話、おそらくは坊主方の誓詞のなかでも、ごく偏《かたよ》った一部ではあるのだろうが、「お直参には、ゆめ無礼を働いてはならない」という文言《もんごん》は、十左衛門にはやはり耳障《みみざわ》りなものだった。

その誓詞を逆手《さかて》に取れば、「お直参とはいえない下役の者には気を遣う必要はないから、無礼にあたっても構わない」と、そういう意味になるではないか。

「なれば、その『無礼をしてはいけない直参』を、坊主方では『旗本』のみとしている訳か……」

不機嫌に眉を寄せて十左衛門が繰り返すと、牧原も顔を曇らせてうなずいた。

「はい。聞いて、気分のよいものではございませんが、坊主方では、さように申しておりますようで……」

「相判《あいわか》った」

重い空気を断ち切るようにそう言うと、十左衛門は、牧原と本間の二人を振り返った。

「されば、これより坊主方に参ろう。その上で、この貼り紙に覚えはないか、『直参の他』というを、坊主方では如何《いか》な風にとらえているものか、その忌憚《きたん》なきところを訊ねてみねばなるまいて」

「はい。私も、さように存じまする」

牧原は、昨日、誓詞をしたばかりとあって、返事一つとっても、いささか硬い。

そんなガチガチの新任仲間の肩をぽんと叩くと、十左衛門は牧原らを引き連れて、坊主方の詰所へと向かうのだった。

三

江戸城中で「坊主」と呼ばれる役方の者たちは、大きく二つに分かれている。

一つは『数寄屋方《すきや》』という俗に「茶坊主」と呼ばれる役方の者たちで、長官である

『数寄屋頭《がしら》』三名の下に、『数寄屋坊主組頭』が七名、平《ひら》の『数寄屋坊主』が四十六名おり、本丸御殿内の茶事に関わるすべてを管理していた。

とはいえ、数寄屋方が管理する茶事は、公的なもののみである。

数寄屋方の主なる仕事は、御三家や御三卿《ごさんきょう》、国持ちの大大名などが本丸御殿にいらした際に、上等な茶を点《た》ててお出しすることで、古来より武士の間では「茶の湯」はもてなしの一つであるから、数寄屋坊主たちが点てる極上の茶は、幕府の威光を演出する重要なものなのだ。

それゆえ数寄屋方の者らが使う茶室や詰所は、儀式の際に使用する『大広間《おおひろま》』に近い場所にあり、今、問題になっている城勤めの役人たちが出入りする湯呑み所を、数寄屋坊主が使うことはないのである。

くだんの湯呑み所を自分たちの台所のように使用しているのは、もう一方の坊主方である『同朋方《どうぼう》』の下役、『表坊主《おもて》』の者たちであった。

数寄屋方とは違い、同朋方の坊主は、いわば本丸御殿付きの執事のようなもので、城勤めの諸役人の雑用を請け負ったり、御殿内の清掃や調度品の管理をしたり、儀式や所用で登城してきた大名や旗本の世話をして、所定の部屋に案内したり、着替えや食事の手配をつけたりと、忙しく雑役全般をこなしている。

同朋方は、今、二名の『同朋頭《がしら》』を長官として平の『同朋』が八名おり、その下に『表坊主組頭』が九名、平の『表坊主』が二百三十名もいた。

この同朋方のうち、同朋の者たちは、日頃は老中や若年寄の雑役として御用部屋に詰めているから、あまり湯呑み所の近辺には姿を現さないのだが、本丸御殿の『表《おもて》向《むき》（本丸御殿の役場部分）』で他のすべての雑役を担っている表坊主の者たちは、組頭を含めた二百四十人近くで当番と非番の交替をしながら、湯呑み所に隣接した自分たちの詰所を拠点に、日々忙しく立ち働いている。

それゆえ自然、湯呑み所は、表坊主方にとっては自分たちの水場のように認識されているようだった。

はたして、十左衛門が牧原や本間とともに表坊主方の詰所を訪ねていくと、「貼り紙の一件」と口に出し始めたとたん、坊主のなかの一人が名乗り出てきた。

「あれを貼らせていただきましたのは、私《わたくし》でございます」

十左衛門ら目付方ともかねてより顔見知りの、「岩本悦賢《いわもとえつけん》」という表坊主組頭である。今年でたしか五十歳になるはずの悦賢は、古参ぞろいの組頭たちのなかでも一番の顔役といえた。

「おう。貴殿であったか、悦賢どの。それなれば、話が早い」

お互いに古株どうしの気安さで、にこやかに十左衛門が声をかけると、悦賢もパッと一気に顔つきをやわらかくして、近寄ってきた。

「ちと狭うございますが、奥に私の座敷がございます。かようなとば口では何でございますから、どうぞそちらに……」

「いや、すまぬな、悦賢どの」

悦賢の勧めに遠慮なく乗って、十左衛門は牧原や本間を引き連れたまま、悦賢の後について進んでいった。

二人が顔見知りになったのは十左衛門が新任で目付になった頃だから、もう二十数年も前ということになる。当時、十左衛門は二十三歳、悦賢もまだ平の表坊主の一人にすぎず、二十七歳の若さであった。

とはいえ、その二十七の頃には、すでに岩本悦賢は二百三十人もいる表坊主のなかでは抜きん出た存在で、気の利きようから、話や状況の理解の早さ、他の表坊主たちには見られない口の堅さ等々で、評判の表坊主だったのである。

だが坊主方は、当人がどれほど有能であっても他役に転出することはない。坊主は代々、家柄自体が坊主方であるから、平の表坊主から組頭にまでは上がれても、その上はないのである。

組頭より上格の『同朋』役は、旗本身分の者が就く役職な上、完全なる世襲であったから、御家人身分の表坊主には出世の道は閉ざされているのだ。

それでも二百三十人いる平の表坊主のなかから、たった九人の組頭に抜擢されるのは、やはり容易なことではない。悦賢は三十七歳の時に、一つ空いた組頭の席に無事上がることができたのだが、折しもその頃、十左衛門のいる目付方にも人事異動があり、十左衛門は老中や若年寄方々から能力を買われて、三十三歳の若さで目付の筆頭となったのである。

世襲の役職で古参が多い表坊主方にあって、三十七で組頭に上がるというのも滅多にないが、三十三で目付筆頭に上がるというのも異例中の異例である。

当人たちにいくら能力があったとて、年若い者が古参を越して上にのぼれば風当たりが強いのは当たり前で、お互いに遠目ながらも、それぞれ苦労が多いのは見て取れていた。

そんな次第もあって、表坊主組頭と目付という役職の違いはありつつも、十左衛門は昔から、表坊主方のなかでは一番に悦賢を信頼していた。

「して、さっそくではござるが悦賢どの、あれを貼られるにあたっては、やはり何ぞか悶着《もんちゃく》でもござったか？」

着いた座敷で十左衛門が訊ねると、「いえ、それが……」と、悦賢は素直に困ったような表情を見せた。

「悶着というほどではございませんのですが、年々歳々、酷《ひど》うなってございますもので……」

悦賢が嘆いてきたのは、湯呑み所の荒らされようの酷さである。

まずは流しの使いようだが、ビチャビチャと水が飛び散るのも構わずに手を洗ったりするらしく、板敷きの床がしょっちゅう水浸しになっている。

おまけに湯呑み所のすぐそばに、城勤めの役人たちが使用する厠《かわや》が並べて作られているため、厠帰りの汚い手を流しで洗おうとする者が後を絶たない。

湯呑み所はその名の通り、湯や水を飲んだり、茶を淹《い》れたりする場所で、流しでは茶碗や皿や箸などの食器を洗っているのだから、厠帰りの不潔な手であちこち触られては困るというのだ。

「私どもの坊主部屋には、ご登城なさったお大名家の方々がご休息やらお昼食やら、始終お立ち寄りになられます。そうした際にお出しする茶や菓子が、汚《けが》れては困りますゆえ」

「まこと、さようでござろうな……」

悦賢の話に、十左衛門はうなずいた。

「したが、あの中之口の厠なれば、出たところに手水《ちょうず》の鉢も置いてござろうに……」

「まことにもって、その通りでございまして」

思わず一膝、乗り出してきた悦賢が、先を続けてこう言った。

「おそらくは、厠の手を洗うついでに、水を飲んだり湯を飲んだりいたしておるのでございましょうが、その湯水の使いようも迷惑千万《せんばん》でございますので……」

湯呑み所には、たしかに水も湯もあるが、これはもちろん自然に湧いて出る訳ではない。少し離れた場所にある井戸から汲んで大ぶりの桶で運んできては、流しの横に並べた幾つかの水甕《みずがめ》に移しと、表坊主たちが日に何度もこれを繰り返して水を満たしているのだ。

さらに湯は、用意がいっそう大変であった。

井戸から汲んできた水を、重い鉄器の大茶釜に移して囲炉裏にかけ、夜明け前から結構な時間をかけて湯を沸かしておくのだが、これを勝手にガバガバと使われてしまうと、本当に困ったことになる。

坊主部屋にはよく幾人かまとまった形で大名たちがやってきて、休息したり、弁当を広げて歓談したりするため、そうした際、すぐに茶をお出ししなければならないのに、いざ茶釜の蓋《ふた》を開けて中を覗くと、湯が足りないという事態が起こっているのだ。

「これがもう、妹尾さま、二度や三度ではございませんので……」

「いや、さようでござったか。まこと、これは早急に何とかせねばなりますまいな」

「はい……。まあ、『あれ』が実際どれほどに効きますものやら、心許《こころもと》ないのでございますが」

愚痴《ぐち》のようにそう言って、悦賢はため息をついている。

おそらくはそれほどに、湯呑み所のありさまは酷いのであろう。目付方としても、これはこのまま何もせずに放っておく訳にはいかないようだった。

「あの貼り紙が効かぬようなら、目付方《こちら》にて取締りの見張りをつけるもよろしかろう。また後日《のち》に、様子なりとお知らせくだされ」

「お有難う存じます。よろしゅうお願いをいたしまする」

嬉しそうに笑顔を向けてきた悦賢にうなずいて見せて、十左衛門は立ち去ろうとしかけたが、つと大事なことを思い出して、襖の前で振り返った。

「そういえば悦賢どの、ちと伺うのを忘れていたが、貼り紙にござった『お直参の他』というのは、事実、どうした風に捉えればよろしかろう？」

十左衛門は、ついでのように、そう訊ねた。

悦賢をはじめとした坊主方が『直参』の線引きをどう考えているものか、目付方としては、まずは正直なところを知っておかねばならないと考えている。

坊主方《むこう》を萎縮させたり、警戒させたりしないよう、十左衛門はいかにもさり気ない風を装って訊いてみたのだが、どうやらそれは成功したらしかった。

「いや、妹尾さま。それはもちろん『お旗本の他』ということにございましょう」

何を今さらそんな当たり前のことを訊ねてくるのかと言いたげに、悦賢は目を丸くして見つめてくる。

「おう。さようでござったか」

まだじっとこちらを眺めている悦賢に、十左衛門は、努めて明るくこう言った。

「いやな、幕府が下手に『直参』だの『幕臣』だのと口にいたすと、『うちは入るが、そちらがほうは入るまい』などと、諸方がとたんに大騒ぎになるゆえな。目付としては、なかなかに頭が痛《いと》うござるのだ」

「ああ……。まこと、さようにございましょうな」

どうやら世間話の一環と考えてくれたらしい。悦賢も大きくうなずいている。

「なれば、悦賢どの。重ねて言うが、何ぞかあれば、報せてくだされ」

「はい。お有難う存じます」

素直に頭を下げてきた悦賢を残して、十左衛門ら一行は座敷を後にするのだった。

四

坊主部屋の外まで見送りに出てきた悦賢と別れると、十左衛門ら三人は「とりあえず静かなところで、一度、話をまとめておくか」と目付部屋には戻らずに、誰もいない目付方の下部屋《したべや》へとまわってきた。

下部屋というのは、城勤めの役方の多くに与えられている着替えや休憩をするための小座敷である。年中無休で登城して勤務している目付たちには特別に、二つ座敷が与えられていた。

この二つの下部屋が、案件の調査中など、担当者のみ顔を揃えての報告の会議にも使えて、なかなかに便利なのである。

その下部屋の片方に三人で腰を据えると、「あの、ご筆頭。ちとよろしゅうございましょうか？」と、さっそくに徒目付の本間が口を開いてきた。

「あの貼り紙に相応《そうおう》の事情があるのは判ったのでございますが、『直参の他』というのを、あのように捉えているのを放っておいても、よろしいのでございましょうか?」

日頃はあまり出しゃばらない本間にしてはめずらしく、少しく鋭く斬り込んできた。

おそらくは、自身も御家人の身分であるからだろう。徒目付という職は、御家人の就く役職のなかでは「一番の出世どころ」と言われていて、御家人ら憧れの役職ではあるのだが、そうはいっても旗本ではなく御家人である訳で、悦賢が書いた『直参の他』というのに自分も入っているのかいないのか、やはり気になるというのが本音であろうと思われた。

「うむ、柊次郎。まさしく、そこよ」

そう言って、十左衛門は本間柊次郎にうなずいて見せると、次には、やおら牧原のほうに向き直った。

「いやな、つい先ほど牧原どのより坊主方のあの誓詞についてを伺《うかご》うて、ちと思うところがあったのでござるよ」

「…………?」

いかにもその先を待って、じっと見つめてくる牧原と本間に、十左衛門は腰を据えて説明をし始めた。

「たとえば拙者の話なのだが、『直参』といえばこれはもう、徳川家もとよりの家臣である『旗本と御家人』のことで、諸藩のお大名家のみが入らぬものと思うていたのさ」

「はい。私も、まことさように思うておりました」

すかさず返事をしてきたのは、本間柊次郎である。

「そも『直参』と申せば、いざ戦《いくさ》となりました折に、たとえわずかでございましても自家の家臣の総勢を引き連れて江戸城《おしろ》へと参上し、幕府の軍の一端として相加《あい》えていただけますことが、何よりの誇りかと……」

「うむ。さようさな」

十左衛門はうなずいたが、その先を、こう続けた。

「したが柊次郎、おそらくそう思うのは、我らがそも自分の家や家臣を『幕府の軍の一ヶ隊』と考える、番方《ばんかた》であるからであろうさ」

「え？　ですが……」

幕臣は皆そうだろうと主張したげな本間を尻目に、十左衛門は牧原に向き直って、訊ねた。

「牧原どのはどう思われる？　やはり番方の者とは違い、他の諸役に就いている者たちは、自身が幕臣として『是非にもお役に立ちたい』という志はあっても、自分の家そのものを『幕府の軍の一ヶ隊だ』などとは意識しておらぬゆえ、こたびが坊主方のごとき考えにもなりかねぬかと思うのだが……」

十左衛門がこうしてわざわざ牧原に向かって声をかけているのは、牧原が、いまだ自分が新参なのを気にして、遠慮で喋らずにいるからである。

するとと、もとより勘のいい牧原はご筆頭のそんな心遣いに気づいたらしく「はい」と、はっきり目を上げてきた。

「まこと、おそらくは、そうしたことではございませんかと……」

賛同して牧原は、次には少し意外な話をし始めた。

「実はもとより右筆方《ゆうひっかた》で何ぞ文書を起こします際《とき》には、『直参』という言葉はむろんのこと、『旗本』だ、『御家人』だにいたしましても、心して、いっさい使わぬようにいたしておりまして……」

人により、とらえる意味が異なるゆえ、公式な文書には使わないというのが鉄則で、たとえば『大名』と『旗本や御家人』とを書き分ける場合には、「万石以上、万石以下」というように、家禄が一万石の上か下かで書きあらわし、『大名や旗本』と『御家人』の間を分ける際には「御目見え以上、御目見え以下」と、上様に拝謁できるかできないかで書き分けているという。

「ほう。『万石以上、万石以下』に、『御目見え以上、御目見え以下』か……」

公文書の厳密さに、十左衛門がいささか驚いていると、前でまた牧原が、昔取った杵柄《きねづか》よろしく、右筆方での続きを話し始めた。

「聞いた話によりますと、何でも百年は昔の三代・家光《いえみつ》さまの時分には、公《おおやけ》の文書にも『直参』だ『旗本』だと、気にせず記述があるそうなのでございますが、それであれこれ、やはり不都合が起きましたものか、今ではかなり古い先例を探しましても、『以上』だ『以下』だと、そればかりでございますので」

「さような昔から揉めておりますようでは、『直参』が『これ』ときれいに定まらぬのも、当然でございますね……」

ため息まじりに、横手からそう言ってきた本間柊次郎に、「うむ……」と十左衛門もうなずいた。

「だが、こたびばかりは、あの貼り紙の件《こと》がある。やはり『直参の他』というのを、そのままに放っておく訳にはいくまいて」

湯呑み所の利用の仕方も、やはり殿中の礼法の一つであろう。悦賢の話を聞けば、なるほど坊主方が腹を立てるのもよく判る。

だが『直参の他』というのを「旗本以外」とするならば、御家人身分の者たちは、湯はおろか水を飲むことすらできなくなり、これは当然、悶着が起きるに決まっているのだ。

「やはり御用部屋《おへや》のご老中方々に、お伺いの書状をお出しするしかあるまいな……」

十左衛門が独り言のようにそう言うと、牧原が目を丸くしてきた。

「『直参』をどこまでといたすか、そのお伺書《うかがいしょ》を出されますので？」

「さよう。この先も、こうしたことはあるやもしれぬゆえな」

十左衛門は牧原と目を合わせて、うなずいて見せた。

「目付として幕府礼法の全般を預かるとなれば、誰に何時《いっ》そうしたことを諮問されても、明確に答えねばならぬ。拙者など二十余年も目付方におるというのに、むしろこれまでこの件《こと》を深く考えずにいたというのが、まことにもって情けないかぎりでな」

「ご筆頭……」

まだ今日が目付職の一日目である牧原は、どう言えばよいか判らず、言葉を詰まらせている。

その牧原に、十左衛門は笑って見せた。

「つまりこたびは『よき機会をば得られた』ということだ。それにほれ、ここではっきり『直参』だの『旗本』だのに定義が下れば、貴殿が後輩の右筆方とて、楽になるやもしれぬぞ」

「はい。まこと、さようで」

牧原も大きくうなずいた。返す言葉は、まだだいぶ硬いままだが、顔を見れば牧原も、やわらかく笑っていた。


こうして『直参』の定義について、上つ方へ伺書を出すと決まれば、早かった。文書を書くのはお手のものと、その日のうちに牧原が完璧に書き上げて、翌日にはもう御用部屋の老中方のもとへと届けられていたのである。

だが、その後が遅かった。

五日経っても、十日経っても、いっこう御用部屋からは何の返答もなく、『直参』については宙ぶらりんのままであった。

そうしてかれこれ一月《ひとつき》近くが経った頃のことである。

あれ以降、表坊主組頭である悦賢からも何一つ報告はなく、十左衛門は日々の目付仕事の忙しさに湯呑み所の一件をつい忘れていたのだが、そんな油断を指摘するかのように、あの貼り紙の『直参の他』という文言をめぐって、とうとう大騒動が勃発したのだった。

五

「ご筆頭、一大事にござりまする！　ただ今、中之口の湯呑み所で、坊主らと徒組の番士と見える一行とが十五、六人、殴る蹴るの大乱闘になっておりまして……」

「なにっ！」

　徒目付の一人が目付部屋に駆け込んできて、その日の当番で部屋にいた十左衛門と牧原は、たまたま居合わせた赤堀や数名の徒目付らとともに、急ぎくだんの湯呑み所へと駆けつけた。

　はたして徒目付の報告の通り、剃髪《ていはつ》で僧侶の服装をした、いかにも表坊主と見える七、八人の者たちと、裃《かみしも》をつけた番士らしき男たちが七、八人、胸倉をつかみ合ったり、殴ったり、倒れた者を蹴ったりと、本当に醜いほどの乱闘騒ぎである。

「おい、止《や》めぬか！　一体、何をいたしておるのだ！」

　開口一番、十左衛門が入り口で怒鳴りつけたが、皆わあわあと、おのおのの喧嘩に必死で、目付方《こちら》が駆けつけてきたことにすら気づかぬらしい。

「ここをどこだと思うておる！　ご城内ぞ！」

再び十左衛門が声を張り上げたが、とても通るものではない。

するとするとと横手から赤堀が、「ご筆頭」と声をかけてきた。

「これでは直《じか》に制するより、致し方ござりませぬ。ちと、これより押し止めてまいりまする。おい、ゆくぞ、田崎《たざき》！　河野《こうの》！　片山《かたやま》！」

「はっ！」

「ははっ！」

名を呼ばれた徒目付たちが返事をし、赤堀とともに乱闘を分けながら、奥へ奥へと踏み込んでいく。

と、これまでずっと黙っていた牧原が、しごく固い表情のまま言ってきた。

「……私も、参りまする」

右筆方の仕事以外は知らない男だから、こうした荒っぽい事態に遭遇するのは初めてなのであろう。それでも、先輩目付の赤堀に続かねばと考えて、こう言ってきたに違いない牧原の背中を、十左衛門はポンと叩いて激励した。

「うむ。なれば、参ろうか」

「はい」

そうして二人、乱闘のなかに足を踏み入れて、程なくのことだった。

揉めている坊主と番士の間にどうにか割って入った牧原の様子を見て取って、あれなら大丈夫であろうと、自分も別の殴り合いを止《と》めに行きかけた十左衛門の目の端に、とんでもない情景が入ってきたのである。

「やっ！　『あれ』はいけない！」

十左衛門の目が釘付けになっているのは、囲炉裏にかけられた大きな鉄器の茶釜である。

一体、何が当たってああなったものか、茶釜はずいぶんと傾いていて、今はまだ囲炉裏の灰にどうにかこうにか支えられて倒れずにいるようだが、如何《いかん》せん、危なっかしい。

とにかく茶釜《あれ》を真っ直ぐに戻して倒れぬようにしなければと、十左衛門が近づこうとした時だった。

囲炉裏のそばでつかみ合っていた坊主と番士のうち、番士のほうが差していた脇差のこじりが、あろうことか、茶釜の横っ腹にぐいぐい幾度か当たって、茶釜をさらに傾けさせてしまったのである。

「危ないっ！」

と、叫びながら、十左衛門がその番士の身体に横っ飛びに飛びついたのと、囲炉裏の灰が茶釜を支えきれなくなったのが、ほぼ同時であった。

ジャバッ！

「うっ……」

激痛に声を上げたのは、十左衛門である。

番士をかばうようにして飛び込んだ十左衛門の背中や、腰や、足の腿《もも》のあたりに、横倒れになってこぼれた茶釜の熱湯が、広くかかってしまったのだ。

「ご筆頭ッ！」

近場にいた牧原が、周囲を押しのけて駆け寄り、

「やっ！　ただ今、医者を！」

と、遠くで気づいた赤堀も、本丸御殿付きの医者たちが待機している『医師溜《いしだまり》』に向かおうと、戸口へ走り出した。

「赤堀さま！　医者なら、私が……！」

徒目付の一人が代わりに駆け出していき、赤堀は、うつ伏せで倒れている十左衛門のほうに駆け寄っていった。

その間にも牧原が、熱湯がかかった十左衛門の背中や腰や足にジャバジャバと、夢中で水をかけ続けている。

乱闘していた者たちも、この事態に、すでに静かになっていて、坊主も番士も関係なしに牧原や赤堀を手伝って、水甕から水を汲んで手桶に移す者、水甕の水がなくならないよう井戸に汲みに走る者と、それぞれ必死に動き始めていた。

残りの者らも、倒れた茶釜を協力して元の位置に戻したり、床に広がっていく湯や水を、皆で拭き取ったりしている。

一方、十左衛門はといえば、すでに全身が水浸しで、どこまで熱湯がかかったものか判らなかったが、あの十左衛門が一言も礼を言わずに、ただ黙ってうつ伏せになって、されるがままになっているところを見ると、火傷《やけど》はかなり広範囲で、痛みもひどいのではないかと思われた。

「ご筆頭、これでは水が思うようにはかかりませぬゆえ、失礼して、袴《はかま》を取らせていただきまする」

赤堀がそう言って、十左衛門の袴の紐《ひも》に手を伸ばそうとした時だった。

横手から牧原が、赤堀の手を握って、あわてて止めた。

「いえ、赤堀さま！　どうか、このまま！」

「いやしかし、これでは……」

反論してきた赤堀に首を横に振って、牧原は必死の顔で説得し始めた。

「火傷のひどい時には肌がただれておりますゆえ、下手《へた》に着物を脱がそうといたしますと、ただれた皮が剝《は》がれて、よけいに悪うなってしまうやもしれませぬ。今はとにかくこのままで冷やしまして、医者が来てから着物を切って、そっと剝がしたほうがよいのではございませんかと……」

「いや、まこと、さようでござるな。無理に脱がせず、ようござった……」

赤堀も素直にうなずいて、喋りながらも水をかけ続けていた牧原を、再び手伝い始めた。

だが見れば、十左衛門自身は身体が冷えきってしまったか、すでに小さく震えている。

「ご筆頭、もう少しでございます。お寒うございましょうが、いま少し患部を冷やさねば、火傷がひどうなりますゆえ……」

牧原佐久三郎は謝《あやま》るようにそう言って、それでも坊主たちの手を借りながら、水をかけ続けている。

一方、赤堀小太郎《こたろう》は震えるご筆頭の手や肩や頰を覆ったり、さすったりして、必死に温め続けるのだった。

六

牧原の判断は正しかった。

呼びに行った徒目付と一緒に、医師溜から駆けつけてきた外科や本道《ほんどう》（内科）の医師たちは、十左衛門の状態を見て「すぐに動かすのは無理であろう」と判断し、その場にいた坊主や番士をすべて人払いした後に、十左衛門の袴や着物を鋏《はさみ》で裂いて慎重に剝がしてと、牧原の言った通りの手順で治療を開始したのである。

実際、十左衛門の負った火傷は、深刻なものであった。

患部は背中の下半分と、腰や尻、両足の太腿《ふともも》の裏側にまで広がっており、ことに背中は熱湯をまともに浴びてしまったらしく、全体がただれて、あちこち水膨れになったり、赤膚《あかはだ》が剝《む》き出しになったりしている。

医者たちはそうした患部の手当てを急ぐ一方、冷えきってしまった十左衛門の身体を温めるため、濡れた衣服をすべて剝《は》いで取り去った上で、患部以外の皮膚《ところ》を乾いた布で拭きあげていった。

その横で牧原は、床に残っている水が再び十左衛門のほうに流れないよう、徒目付らとともに床板を拭いており、赤堀のほうは、濡れて裂かれて原型が残っていない十左衛門の袴や着物を、盥《たらい》に集めて片付けていた。

「道春《どうしゅん》どの。見立ては、いかがでござろうか?」

医者のなかに知己がいた赤堀が、たまらず声をかけると、医師溜のなかでも古参の一人である道春は、自分が手にしていた膏薬《こうやく》(布に塗り薬が延ばされたもの)を他の医者に預けて貼らせ、自身は赤堀や牧原ら目付方一同に向き直った。

「思うたよりも患部が広うございますし、お身体のほうも芯まで冷えておられますゆえ、今はまだ何とも……」

「え……」

道春の話に、スッと牧原が顔色を青くした。

「なれば、水などかけぬほうが……」

「いえ、断じてそうではござりませぬ」

牧原の後悔をはっきりと否定して、道春は先の説明を続けた。

「釜から直に湯を浴びて、それでもこれで済みましたのは、すぐに水にて冷やしたからでございます。これでもし、湯を浴びたまま放っていたら、今頃どうなっていたことか……」

「さようでござったか」

横手から牧原の代わりのように返事をしたのは、赤堀小太郎である。

「いや、牧原どの、ご貴殿のお陰でございますな。まことにようございました」

気にしている牧原をかばっての赤堀の言であったが、医者の立場の道春は「いえ、赤堀さま」と、すぐに否定して言ってきた。

「いまだ予断は許しませぬ。ご容態《ようだい》が落ち着くまでは、目を離す訳にはまいりませぬゆえ、我らが『医師溜』にてお預かりをいたしまする。妹尾さまのお屋敷にも、さようお報せのほどを……」

「相判り申した。道春どの、どうかよろしゅう」

「はい」

湯呑み所で応急の手当てを済ますと、道春たちは、十左衛門を布団に包《くる》んで戸板に乗せて、御殿内の医師溜へと運んでいった。

四十を越えている道春は外科として経験が豊かで、火事場での怪我人も数多く診てきたそうである。

その道春が主治医となって治療が始められたのだが、医師溜の座敷の奥でうつ伏せに寝かされた十左衛門は、激痛と高熱にうなされ、七日経っても医師溜から出ることができなかった。

　ようやく熱が収まって、「もう急変の心配もなかろう」との診断が出たのは、八日目のことである。

　ただちに妹尾家より迎えの家臣たちがやってきて、十左衛門は駕籠《のりもの》に乗せられて、駿河台《するがだい》にある屋敷へと帰っていった。

　だがそれからも、十左衛門の苦難は続いていたのである。

　妹尾家に出入りの医者が引き続き治療を開始したのだが、とにかく患部は広範囲であるし、ことに背中は皮膚の深いところまで熱傷に侵されているから、さまざま薬湯を工夫して飲ませても、そう簡単に状態が良くなる訳ではない。

　痛がる十左衛門に我慢してもらって、まめに膏薬を張り替えていても、傷口が膿みかけて再び発熱することも多々あって、十日経て、二十日が経ても、十左衛門は登城することすらできなかったのである。

七

　一方、筆頭不在の目付方では、十左衛門の代わりに赤堀が牧原や本間と組んで、湯呑み所の乱闘騒ぎについて調べ始めていた。

乱闘していたのは、表坊主が八名、徒組の番士が七名の、計十五名である。

あの時、医者から人払いを受けて湯呑み所の外に出てきた十五名の坊主と番士たちは、「自分たちの騒ぎのせいで、よりにもよって目付筆頭の『妹尾さま』に、あんな大怪我を負わせてしまった」と、皆それぞれ真っ青になって外の廊下に正座して、十左衛門の容態を案じ続けていたのである。

それゆえ結局、後で全員、赤堀に捕まって、正式なお沙汰が下るまでの間、今はおのおの自分の屋敷で謹慎となっていた。

城中で「騒動《さわぎ》」を起こせば、それは当然、何らかのお咎《とが》めを覚悟しなければならない。

武家どうしの喧嘩や口論は「両成敗」が基本だが、むろん喧嘩の原因はきっちりと探《さぐ》らねばならず、もしどちらか一方に明らかな非《ひ》があれば、それに応じた「成敗」を考えて、目付方よりの意見として、御用部屋の若年寄方に上申しなければならなかった。

一件の調査を進めるにあたって、赤堀は、まずは牧原と本間からこれまでの経緯を聞かせてもらい、坊主方に訊き込みに行くのは牧原と本間の二人、もう一方の徒組に行くのは自分と徒目付の田崎と、二手に分けることにした。

前に一度、まだ十左衛門がいる時に、表坊主方の組頭である岩本悦賢と会ったことのある牧原たちが訊問に行くほうが、坊主たちも心安く何でも話すのではないかと期待したからである。

そんな訳で坊主方については牧原と本間に託し、今、赤堀は田崎と二人、乱闘していた番士たちの直属の長官である、徒組・三番組の『徒頭』の屋敷を訪れていた。

幕府番方の一つである『徒組』は、上様を護衛する歩兵の軍隊である。

一番組から二十番組まで、それぞれの組に一人ずつ、役高・千石で旗本職の『徒頭』が長官として立っており、その補佐役に役高・百五十俵の『徒組頭』が二人、その下に、俗に『徒衆《かちしゆう》』とか『御徒《おかち》』などと呼ばれる平《ひら》の番士が二十八人いて、番士らの役高は七十俵五人扶持であった。

乱闘を起こした七人の番士たちには、目付方よりそれぞれの屋敷に迎えを出して、その徒目付たちが連行し、三番組の徒頭である隅田伊左衛門常縁《すみだいざえもんつねより》の屋敷に集めたのである。

番町《ばんちよう》にある隅田の屋敷は、さすが番方の頭《かしら》の屋敷とあって、今、赤堀たちが通されている客間の開け放った縁側の向こうには、遠く、立派な厩《うまや》が見えている。

馬もどうやら四、五頭は飼われているらしい。普通であれば、馬は経費がとんでもなくかかるため、千石高の旗本家ではせいぜい二頭も飼っていればいいほうなのだが、隅田は徒組の頭として、しっかりと威勢を張っているようだった。

「なれば、先《さき》に手を出してきたのは、表坊主方《あちら》のほうだと申すのだな？」

すでに訊問を開始している赤堀が番士の一人に訊きただすと、青木惣太郎《あおきそうたろう》と名乗る二十六歳のその番士は、「はい」と、こちらの目を見てうなずいてきた。

この青木という者が、あの日、坊主と一番先に喧嘩を始めた番士なのである。

徒頭の隅田はといえば、目付方の訊問であるゆえ、自身は黙って控えていたが、しごく険しい顔をして、青木が目付の赤堀に向かって話すのを、じっと見守っていた。

「あの日は我ら三組が当番でございましたもので、湯呑み所《あそこ》には朝方から幾度か、湯や水を飲みに出入りいたしておりました。すると、昼過ぎ頃でございましたか、あの坊主がいきなり入ってまいりまして、ちょうど私が水を飲もうとして持っていた水甕の柄杓《ひしゃく》を、横から引っ手繰《たく》っていきましたので……」

柄杓を取られて驚いて振り返ると、四十がらみの坊主がものすごい形相でにらんでおり、「番士ごときが、気安く水を飲むな！」と怒鳴ってきたという。

「『番士ごときが……』などと、かような辱《はずかし》めを受けて、そのまま黙っている訳にはまいりませぬ。それゆえ、つい私も……」

「坊主ごときが生意気な！」と言い返して、その坊主から無理やり柄杓を取り返し、わざとまた水を飲んでやった。

すると今度は、水を飲み始めた青木の肩を突き飛ばしてきたそうで、カッとなった青木も応戦してつかみ合いになり、そんな双方に互いの仲間が次々に加勢して、あっという間に、あの大乱闘になったということだった。

「とはいえ、やはり殿中でのこと……。ああして短気を起こすなどと、まことにもって浅はかにございました」

そう言って青木は改めて、畳に手をついて謝ってくる。

「うむ。さよう、理由はどうあれ、殿中にてかような騒ぎを起こすなど、ゆめあってはならぬことだな」

実際その騒ぎが原因《もと》となり、筆頭の十左衛門があんな大火傷をするはめになったのである。赤堀は目付として、顔を厳しくして説諭した。

「そも、そなたらは城を護る番士であろう。番士がああして無駄に殿中を騒がせて、何とするのだ」

「はい。まことに申し訳もございませぬ」

再び畳に額をつけた青木に揃えて、加勢して騒ぎを大きくした残りの六人も、改めて平伏している。

するると、これまでじっと黙っていた徒頭の隅田伊左衛門が、ズッと一膝、前へ出て頭を下げてきた。

「こたびの仕儀につきましては、すべて頭《かしら》である私の監督不行き届きにござりまする。この上は、この者らともども如何なお沙汰が下りましょうと、伏してお受けする所存にてございますゆえ」

そう言って隅田はいま一度深く頭を下げたが、次にはやおら平伏を解いて、顔を上げてきた。

「しかして、赤堀さま。まこと僭越《せんえつ》ではござりまするが、是非にも一つ、かの御坊主方々にも『お改め』を願いたきことがございまして……」

「お改め、とな？」

「はい」

隅田が身を乗り出すようにして訴えてきたのは、『直参の他』という、あの文言《もんごん》のことである。

あの時は青木の一件を契機に、続々と加勢に出てくる坊主たちを相手に、番士の側

もそれぞれ応戦していたのだが、その最中、坊主たちの口からさまざまに、

「『直参の他は湯水を呑むな』と書いてあるだろう。番士は、字も読めぬのか？」

だの、

「お直参でもない『イカ』風情が、何を図々しく湯呑み所《こ》を使っているのだ！」

などと、さんざんに言われたというのだ。

坊主の誰かが言ったという「イカ」というのは、「御目見え以下」のことである。

数多《あまた》いる幕臣のなかには、やさぐれた物言いをする者もいて、御目見え以下の身分のことを「イカ（以下）」と呼び、その『烏賊《いか》』に引っかけて、御目見え以上の旗本のことを「タコ（蛸《たこ》）」などとも呼ぶようだった。

そんな隠語がはびこることでも判るように、「以上か、以下か」で「直参のうちに入るか、入らぬか」が決まるなどと言われて、その「イカ」たちがおとなしく黙っていられる訳はない。

その自分の配下たちの無念を庇《かば》って、隅田は目付に訴えてきたようだった。

「そも我ら徒組は、いざともなれば上様をお守りし、『影武者』の任務を仰せつかる、唯一無二の番方にてござりまする。上様のご危急の折には、お側《そば》近くに『参上』し、上様の御身《おんみ》を『直に』お庇いし、影武者として討ち死もいたさんという徒組番士のこ

の者らが、万が一にも『直参でない』と申されるなら、何をもって直参といたしますものか、御坊主方々には、是非にも、しかとご提示をいただきたく……」

隅田の言うよう、徒組の番士には、「いざという時には、上様の影武者となり、身を張って上様をお守りする」という重大な任務が託されていた。

徒組は、日頃は本丸御殿の玄関や二ノ丸の御殿など、城中を守衛するのがその任務であったが、上様が『御成《おな》り』と称して城外に出られる際には、上様の御成り行列の先駆けとして、先頭を歩く役目も担っていた。

この先駆けのお役目を、『御供番《おともばん》』という。

御供番は、二十組ある徒組のうちから二組《ふたくみ》が当番となって務めるのだが、徒頭から番士まで一組《ひとくみ》が三十一名の隊であるから、都合、六十人ほどが、御供番として上様の先駆けをすることになる。

そうしてこの御成りの途中、何ぞ上様に危険が迫った場合には、上様をお守りするため、先駆けの番士・六十人ほどが全員で「影武者」となった。

徒組の番士になると、幕府から黒い縮緬《ちりめん》の上等な羽織を配られるのだが、御成り当日、御供番の者たちはその黒縮緬の羽織を持参することになっている。

万一の際には、御供番の六十人がいっせいにその黒羽織を身に着けて、同じ羽織を着て御駕籠から降りて混ざってくる上様をお守りしながら、何としても無事に江戸城までお送りするのだ。

この「影武者のお役目を任されている」という事実は、徒組の番士たちには大変な誇りであった。

それというのも旗本とは違い、御家人の身分の幕臣たちは上様にお目見えする資格を与えられていないため、上様の家臣でありながら、そのご尊顔を拝見できずに一生を終えるというのが当たり前だったのである。

だが徒組の者たちは、御成りがあれば上様のお側近くで行列の先駆けに就くことができるし、有事の際には影武者となって、本当にごく近くで上様をお守りすることもできる。

そんな自分たちをして「直参の他」などと言われることは、当然ながら我慢できるものではない。その気持ちは、配下を庇って訴えてきた隅田と同様、旗本ではあるが番方出身の赤堀には、十二分に理解ができた。

「ご事情のほど、相判り申した」

赤堀は隅田に答えてそう言ったが、さりとて坊主方の言い分についても、すでに牧原や本間から聞いて、知っている。

そして何より直参の定義については、すでにご筆頭が御用部屋へと伺書を出されているため、上つ方から「正解《こたえ》」が返ってくるまでは、安易に口にすることなどできないのだ。

「『直参の他』なる文言《もんごん》の件《こと》、隅田どのご同様、譜代『番方の筋』であるこの赤堀が預かり申した。しかしてあの乱闘については、城中のことゆえ、話も別に相成ろうかと存ずる。追って沙汰いたすゆえ、さよう心得られよ」

「ははっ」

目付の言葉に、隅田を含めた徒組・三番組八名、いっせいに伏すのだった。

八

一方、その頃、牧原と本間の二人は、くだんの表坊主組頭である岩本悦賢の屋敷を訪れていた。

こちらは徒頭の隅田とは違い、旗本ではなく御家人であり、役高も四十俵二人扶持であるから、「屋敷」といっても、さほどに広いものではない。それでも庭に慎《つつ》ましく花木が植えられてあり、屋敷のなかも庭先も塵《ちり》一つなく、きれいに整えられていた。

通された客間らしき座敷で、牧原の前に並んでいるのは、乱闘を起こした八名の表坊主と、この家の主人・悦賢である。

実は悦賢は、配下が起こした乱闘のせいで十左衛門に大怪我をさせてしまったことを酷く気にしていて、お詫びとともに十左衛門の身体を心底から案じた文《ふみ》を、目付部屋のほうに届けてきていた。

同様の詫び状は、むろん徒組からも届いており、徒頭の隅田をはじめ二名いる組頭たちと、乱闘を起こした青木ら七名の記名がある。

なかでも、あの時、十左衛門に助けられた「山辺信太郎《やまべしんたろう》」という十八歳の番士は、徒組に入ってまだ半年と経たない新参なため、自分のせいで、あろうことか、あの有名な「妹尾さま」に取り返しのつかないほどの大怪我をさせてしまったと、まるでこの世の終わりのようなうろたえぶりであった。

そのうろたえようは、詫び状の文面ばかりではなく、赤堀が当事者たちを尋問していた時にも表れていて、新参ゆえに徒頭の隅田や、青木のような先輩番士らに遠慮して意見も言えず、さりとて「妹尾さまに怪我をさせたことを、この場でも謝らねば！」という焦りもあって、皆の末席に座りながら、終始、顔面は蒼白であったのだ。

二通の文は、すでに十左衛門のいる妹尾家に届けられてあるのだが、当然のことながら、妹尾家からは何の返事も戻ってはいない。

　重傷の主人の看護に心身ともに明け暮れて、詫び状などに気を配る余裕は、今の妹尾家にはないということだった。

「この儀に及んで、まこと僭越ではございますのですが、妹尾さまのご容態についてはは、やはりまだ……」

　牧原や本間の顔を覗き込むようにして、言葉の通り、心配でたまらないらしい悦賢が訊いてくる。

　その悦賢に、小さく首を横に振って見せて、牧原はこう言った。

「ご様子がわずかにでも判りましたら、すぐに一報いたしましょう。今はまず、先般の乱闘の一件を……」

「はい。差し出た真似をいたしまして、まことに申し訳もござりませぬ」

　悦賢が畳に手をついて頭を下げると、他の八人の坊主たちも寸分の遅れなく、ものの見事に組頭に揃えて、深々と頭を下げてきた。

「なれば、お伺いいたしましょう。発端は、どうしたもので？」

　目付の行う尋問にしては、いささか丁寧《ていねい》な物言いで、牧原は目付になって初めての案件調査の訊問を始めた。

元来この牧原は、頭の回転が恐ろしく速い男である。誰かと相対して話していても、たいていは相手の心の微細な動きを読み取ることができるし、何の仕事をするにせよ、全体の状況を広く眺めて「今は何を一番に優先するべきか」ということを、私情を入れずに判断して、次々とこなしていく。

先祖代々の「右筆の家」に生まれて、父親が奥右筆組頭をしている頃に、十七歳で表右筆方に見習いで入って有能さを認められ、たった四年で奥右筆方のほうへ栄転となったのである。そうして五年前、まだ三十二歳にして、二名しかなれない奥右筆組頭の一人となったのだ。

ゆえに、こうした訊問が初めてであっても、横で徒目付の本間が見ていて、「危なっかしい」と感じるところは、皆無であった。

それにもとより牧原は、すでに敏腕の奥右筆組頭として、城中では名を知らぬ者はない。目付としては新参でも、訊問する相手になめられる心配などないのである。

そんな訳で、今、牧原を前に並んでいる乱闘の当事者たちも、名代の「切れ者」にどのように訊かれるものか、緊張している様子であった。

実際、今も牧原が「発端は何だ?」と訊いたというのに、下手なことを言ってしまうのが怖くて、誰も何にも答えないのである。

「何をいたしておる！　疾《と》く牧原さまにお話をせぬか」

坊主たちの硬直状態をまた恥じて、悦賢が配下を叱った。

「これ、実聴《じっちょう》、たしか最初に徒組のお方と言い合いになったのは、そなたと聞いたぞ！」

「はい……」

悦賢に「実聴」と呼ばれた坊主は、四十二歳の「横田《よこた》実聴」という男であった。徒組の青木が「四十がらみ」と見立てたのは、おおよそ正解だったということである。

「なれば実聴、申してみよ。何ゆえに、言い合いになったのだ？」

責任感の強い悦賢は、牧原に気を遣って、どんどん実聴に喰い込んでいく。だが、これは目付方にとって、決して好ましいものではなかった。

尋問の際、こうして時折、上司が出しゃばってくることがあるのだが、日頃の思い込みで自分の意見を押しつけたり、配下のほうが上役に遠慮をしたり、隠し事があったりなどして、実際には弊害のほうが多いくらいなのである。

これまでの経験で、そうしたことをよく知っている本間柊次郎は、牧原の顔を立てつつ悦賢に退《ひ》いてもらうにはどうすればよいかと、悩み始めた。

だがどうやら、そんな心配は無用だったらしい。ハラハラと困っていた本間を尻目に、牧原は八人並んだ右端にいる実聴に、「実聴どの」と、身体ごと向き直った。

「されば、あの際のことで無《の》うても、実聴どのが日頃、難儀に思うておられることなど、お聞かせをいただけまいか」

「はあ……」

実聴は、まだ何やら逡《しゅん》巡《じゅん》している風があったが、それでも今度は後を続けて言ってきた。

「いやそれが、とにかく酷うございますので……」

「『酷い』とは、やはり湯呑み所の使いようのことでござろうか？」

「はい。まずは水の飲みようからして、とんでもないのでございまして……」

湯呑み所の流しの横には、かなり大きな水甕が三つ並べて置かれている。

流しに一番近い場所の水甕は、水を飲んだり、手を洗ったりと、気楽に使うためのもので、誰もがひょいとその甕の水を使いたくなるように、長い柄のついた柄杓《ひしゃく》を甕の蓋の上に載せてあった。

つまり、湯呑み所を管理している坊主方の本音をいえば、「その甕以外の水甕には、触れて欲しくない」ということである。

ふらりと湯呑み所に立ち寄って勝手に水を飲んでいく者の多くは、平気でそのまま柄杓に口をつけて飲んでおいて、それをまた何の躊躇《ちゅうちょ》もなく、甕の水のなかに突っ込むのである。

おまけにその柄杓を使う手は、厠帰りだったりするのだ。

「とはいえ茶碗も使わずに甕から水を飲もうとすれば、どうしても、直に柄杓に口をつけることになりましょう。あまり気持ちのよいものではございませんが、坊主方《こちら》もずっと我慢いたしておりました」

だがそうして、こちらが百歩譲ったような気持ちで使用を黙認しているというのに、触られないよう、きっちりと蓋を閉めたままにしてある他の二つの水甕に、手を出す者がいるのである。

一つ目の水甕にまだたんと水が残っているというのに、わざわざ二つ目や三つ目の甕の蓋を開けて、そこにさんざんいいように口をつけて使っているあの柄杓を、平気で突っ込むというのだ。

「私どもの坊主部屋には、諸藩のお大名家の皆々さまがお立ち寄りになられます。そのおもてなしのために取り分けてある水にまで汚れたものを入れられてしまっては、私どもの仕事のほうが成り立ちませせぬ。それゆえ、ついあの時も、腹に据えかねてしまいまして……」

あの日、実聴が湯呑み所の前を通りかかると、またも酷い光景が目に入ってきた。どこかの番士らしき者たちが幾人も集まって、何やら笑い騒ぎながら、勝手に水を飲んでいるのである。二つ目の水甕ばかりか、三つ目の甕まで開けて、皆で廻し飲みのように柄杓を使っては、どの甕にも構わず柄杓を突っ込んで、飲んでいる。

よく見れば、あちこちにだらしなく零《こぼ》して、床が水浸しになっており、実聴はカッとして、ちょうどその時、水を飲もうとしていた若い番士から柄杓を取り上げたそうだった。

この若い番士というのが、青木惣太郎だったという訳である。

九

「このあとの加勢して乱闘に広がる風は、先ほど赤堀さまからうかがいました徒組よりの話と、同様にございました」

赤堀を相手にそう言ったのは、牧原佐久三郎である。今、二人は本間や田崎とともに目付方の下部屋にいて、徒組から聞いた話と、坊主からの話とを、互いに報告していたところであった。

「いやしかし、聞けば聞くほど、どっちもどっちという風でござるな……」

赤堀は呆れたようにため息をついていたが、つとその顔を真顔に戻し、前に座っている牧原のほうに、一膝、近寄ってきた。

「けだし牧原どの、さようにあの番士らが嫌がらせのごとき飲み方《よう》をいたすというのは、何ぞそれ相応の遺恨あってのことであろうと思うのでござるよ。こたびばかりではなく、おそらくは何かと折ごとに『直参の他』と言われて、坊主たちより蔑《さげす》まれておったのではないかと……」

「はい。私も、さように思いまする」

牧原も、大きくうなずいた。

「もとより坊主方では誓詞にも、『お直参には、ゆめ無礼を働いてはならない』などと謳《うた》ってあるほどにございますから、御目見え以下の番士たちへの応対が、よかろうはずはございませんし」

「さよう、さよう。そこに、こたびのあの貼り紙でござるゆえな。堪忍袋《かんにんぶくろ》の緒が切れて、すっかりやさぐれてしまったというのが、まずもって正解《あたり》でござろう」

「はい。まことに……」

また大きくうなずきながら、牧原は今こうして赤堀と二人、案件についてさまざま話をしていることに、嬉しさと安堵感を抱いていた。

実はこの案件のおかげで牧原は、「赤堀」というこの先輩目付に対してだけは、ずいぶん楽に話ができるようになってきたのである。

目付になって日が浅く、おまけに頼りにしていた「ご筆頭」の十左衛門があんなことになってしまって、正直なところ牧原は、まるで親とはぐれた幼子のように、毎日をおどおどと過ごしていた。

案件の調査《しらべ》などで外部の者と話すぶんには何の苦労も心配もないのだが、先輩方々が集まる目付部屋では、とにかく何も失礼のないよう、変に目立ったりせぬようにと、牧原は半ば自分の気配を消すようにしているのだ。

新参として目付方に入って、まさか自分がこんなにも卑屈に自信を失ってしまうとは、牧原自身、思ってもいなかった。

実際、一つ空いた目付の席に自分が選ばれたと知った時には、牧原はとにかくただただ嬉しかったのである。

目付方における新任の人選が、残り九人の目付たちの合議によって決定するものだということは、幕臣の、それも城勤めの者たちの間では、周知の事実であった。

それゆえ今回、何と自分が選ばれて、それも「御用部屋から推薦した訳ではない。

あやつらが勝手に選びおったのだ」と、次席老中である松平右京大夫《うきょうだいぶ》から聞かされた時、牧原は顔の抑制《おさえ》が利かなくなるほどに嬉しくて、口の悪い右京大夫に「おまえもやはり、人の子であったな」と、いいようにからかわれたものである。

普通であれば、右筆方である自分が目付に選ばれる訳はない。目付に上がるような者たちは、もとより家が『両番筋《りょうばんすじ》』などと呼ばれる由緒ある譜代《ふだい》旗本家の出身者ばかりなのである。

そうした旗本の子息が初めて幕府の御役に就く際には、必ずや『両番』と呼ばれる二つの番方のどちらか一方、『書院番《しょいんばん》』か『小姓組番《こしょうぐみばん》』の番士となるのだが、両番は、平《ひら》の番士であっても三百俵もの役高があるのである。

対して自分は「右筆の家」に生まれて、十七歳で表右筆の御役に就いたが、役高は両番の番士の半分の百五十俵。その後、役高・二百俵の奥右筆に抜擢され、その上の奥右筆組頭にまで上がったが、さりとて組頭の役高は四百俵であった。

その四百俵高の自分が、一気に役高・千石の、それも出世を目指す幕臣たちが垂涎《すいぜん》してやまない『目付』に上がれたのである。おまけに今の目付方は、幕府創立以来、一番の「切れ者目付」と評判の妹尾十左衛門が創り上げた、磐石《ばんじゃく》な目付方なのだ。

だが、いざ選ばれて目付部屋に入り、十人の目付の末席に加わってみると、目付方には明らかに一種独特な自由な空気が流れていた。

いや「自由」というよりは、「独立独歩」と言い直したほうがいいのかもしれない。

それぞれが幾つもの案件を同時に担当して、基本、他人《ひと》に頼らず、自分でさまざま手配をつけて判断もする一方で、合議の席ではそうした自分の案件について包み隠さず発表し、最終的にはその案件をどう裁くのが妥当なのか、他の目付一同にも一緒に裁断してもらうのだ。

この目付たちの仕事の様式は、牧原にとっては衝撃的なものだった。

普通、仕事というものは、良いにつけ悪いにつけ、その役方それぞれに「こうやるべき」というものがあり、新参でまだ何も判らないうちは先輩にすべて教えてもらわねばならず、威張られても虐《いじ》められても、我慢しなければならない。

だが一方、目付方では、「当番と宿直の番はそれぞれ二名ずつで、交替は何時《いつ》である」とか、「夕刻にはなるだけ皆で目付部屋に集まって、行うべき合議があれば、その時に済ますことになっている」とか、そんな決まり事を知らされただけだった。

あとはもう、十左衛門をはじめとする先輩目付たちがどんな風に仕事をこなしているのか、見たり、聞いたり、自分の頭で考えたりと、先輩方を手本にしながら、とにかくやってみるしかないということらしい。

目付としての能力が自分にもあるのか、ないのか、常にその瀬戸際《せとぎわ》に立たされているような状態で、先輩方々が集う目付部屋のなか、牧原はただただ不安に押しつぶされそうになりながら、日々を過ごしていたのである。

そんな状況のなか、まだ訳も判らぬままに、必死に「ご筆頭」の十左衛門についてまわっていたら、知らぬ間に湯呑み所の一件が自分の担当案件になり、今はこうして赤堀と二人、あれやこれやと話をしているという訳だった。

「こたびの乱闘の件のみなれば、『喧嘩両成敗』を地で行って、双方ともに『遠慮《えんりょ》』か『逼塞《ひっそく》』か、悪くて『御役御免《おやくごめん》』あたりが、まずもって妥当なところでござろうな」

今、赤堀が言った『遠慮』や『逼塞』というのは監禁の刑の一つで、武家に限って下されるものである。屋敷の門扉を閉めさせて厳重な見張りをつけ、本人やその家族が出入りすることを禁ずるもので、これを『逼塞』なら五十日の間、『遠慮』の場合は二、三十日くらいのもう少し短い期間、続けなければならなかった。

だがこうした監禁の刑のみで、刑の期限が切れれば元のように登城して、これまでと同じ役目につけるのならば、御《おん》の字というものである。

もし御用部屋の上つ方が、「城中を騒がせた」ことを重く見て、監禁刑だけでは軽いと判断すれば、坊主も番士も自分の御役から外されて無役となる可能性もあるのだ。

「まあ近く、明日か明後日にでも目付部屋で合議にかけて、『遠慮』や『逼塞』で構わぬか、やはり『御役御免』にせねばならぬか、ご一同にも諮《はか》ろうと存ずるが……」

そう言いさして赤堀は、

「したが、牧原どの……」

と、少しく顔を曇らせて、先を続けた。

「この一件、むしろ『直参をどうとるか』に正解《こたえ》が出ねば、決着もつきますまい。このたびは徒組でござったが、坊主方が『直参を旗本まで』と言い張るかぎり、またぞろ別の『御目見え以下』が坊主と悶着を起こすのは、必定《ひつじょう》であろうゆえな」

「はい」

と、牧原も後を続けた。

「おそらくはもう、あちこち下役の者たちが、あの貼り紙の『直参の他』というのに、腹を立てておりましょう」

どの役方も、たいてい「下役」と呼ばれる者たちは、御家人身分の幕臣が就いている。悦賢をはじめとする坊主方は、そのすべての御家人たちに喧嘩を売ったということだった。

「いやしかし、それにつけても、上つ方もいっこうに……」

赤堀が言いさして止めたのは、以前、十左衛門が御用部屋に提出した「伺書」のことである。

この伺書については合議の席で、十左衛門が自ら読み上げてくれたため、目付全員、内容を知っており、『直参』の定義を御用部屋がどうつけてくるものか、皆、興味津々《しんしん》だったのである。

だがそれはもう、一月《ひとつき》あまりも前のことである。その後に、くだんの湯呑み所での乱闘騒ぎがあり、それが原因《もと》で筆頭の十左衛門が長く登城もできないほどの大怪我をしているというのに、いまだ御用部屋からは何の回答もなかったのだ。

「お忙しい方々ゆえ、『直参の定義』など取るに足りないと、思うておられるのやもしれぬが……」

この案件の収束のしようのなさに、つい赤堀が愚痴をこぼしていると、横で牧原が少しく遠慮気味ながら、御用部屋の実態を知っている者らしく、こう言ってきた。

「いえ赤堀さま、これはかえって御用部屋の皆さまは、『逃げ』を打たれておるのやもしれませぬ」

「逃げ？」

牧原が赤堀に向けて話をしたのは、以前、十左衛門や本間に話した、右筆方での公文書のことである。

人により、とらえる意味が異なるゆえ、『直参』『旗本』『御家人』などという言葉は公文書には使わないのが鉄則で、『万石以上、万石以下』『御目見え以上、御目見え以下』などと、神経質に書き分けている。

「右筆がそうしてさまざま気をつけておりますことは、御用部屋の皆さまも重々承知でいらっしゃいますゆえ、こたび『直参の定義』をつけますことも、決して軽うに見てはおられませんかと……」

「はい……」

「うちは古参の譜代だから『直参』だが、そちらは譜代とは名ばかりで、いささか根が浅うござるゆえ、いかがなものか……」

『直参』を『御目見え以上』とはっきり決めれば、徒組のような御家人たちの不満を買うし、『直参は、徳川古来の家臣のみ』と決めれば、今度は逆に大名たちが、

などと、直参の線引きをめぐって揉め事が起こるのは明白である。

牧原の、しごくもっともな説明を聞き終えて、赤堀はため息をついた。

「つまりは、どこをどう切り取ったところで、どうにもならんということか……」

「さようで……」

そうして、そんな牧原の読み通り、おそろしく遅れてやっと返ってきた御用部屋の答えは、呆れるような代物《しろもの》であった。

『直参とは、本来なれば戦の際に、上様の御前へと直に参上する御目見え以上の者のことを指すのであろうが、それでは譜代の徳川家家臣である御目見え以下の御家人が納得すまい。

ゆえに、こたび、この目付方よりの諮問《しもん》については、初手《しょて》より相無かったものとして、直参というは、これまで通り、通念の様とするように……』

そうして乱闘の十五名については、あの後、赤堀と牧原が目付部屋の合議に諮《はか》って決めた、

「二十日の遠慮の後は、構い無し。おのおの、再度お役目に励むよう……」

というお沙汰でよかろうとの、御用部屋のご裁断であった。

必定《ひつじょう》、この一件は、根本の火種が消されず残されたまま、表面だけは決着を見たのである。

十

くだんの『遠慮』の二十日間が過ぎた、翌日のことである。

十左衛門の駿河台の屋敷には、徒頭・隅田伊左衛門が率いる番士七人と、岩本悦賢が率いる表坊主八人が、「是非にも一言、お詫びとお見舞いのほどを……」と、妹尾家の門番を困らせて、半ば無理やり押しかけていた。

もうまるまる一月《ひとつき》は経ち、酷かった背中の痛みもだいぶ消え、飯が喉《のど》を通るようになってきたためか、体力も戻りつつある。毎日、必ず顔を出してくれる医者からも、「少しずつ外歩きなどされても、よろしかろうと存じます」と、今朝方、やっと外出の許可が出たところであった。

そんな十左衛門の快方の噂を一体どこから聞きつけたものやら、隅田と悦賢が相談をしたらしく、「どうせ行くなら、少しでも妹尾さまのお身体の障《さわ》りにならないよう、ご一緒に……」と、双方打ち揃って、さっそく押しかけてきたという訳だった。

このことは隅田も悦賢も、すでに目付方にも届けを出してあるから、担当だった赤堀や牧原も知っている。

まだ身体が本調子とはいえない「ご筆頭」にできるだけ負担をかけないようにと、赤堀と牧原は何かあれば自分たちが処理するつもりで、先に妹尾家を訪ねて待ち構えていて、今も客間に出てきた十左衛門に付き添って、後ろに控えていた。

「妹尾さま、こたびは申し訳もございませぬ」

徒頭の隅田が口火を切って謝ると、負けじとすぐに悦賢が、サッと自分のほうへと話を持っていってしまった。

「いやまこと、私が貼り紙などいたしましたばかりに、かような仕儀と相成りまして、何とお詫びを申し上げればよいものかと……」

悦賢は歳も五十になる上、表坊主という仕事柄、挨拶《あいさつ》や口上を上手く述べるのに慣れている。無骨な番方な上に、まだ三十半ばである隅田を話の蚊帳《かや》の外に押し出してしまうことなど、簡単なようだった。

「して、妹尾さま、お身体のほうは……」

さっそく続けて話そうとしている悦賢に、隅田は腹を立てたらしい。横でいきなり大きな声で、「山辺！」と配下の一人の名を呼んだ。

「はっ！」

答えて顔を上げたのは、あの時、十左衛門に助けられた山辺信太郎という番士である。山辺は十八歳の新参で、その若い顔に十左衛門も見覚えがあるのを思い出した。

「おう。そなたは、あの時の……」

「はい。山辺信太郎と申しまする。先般は、まことに申し訳ございませんでした」

深々と頭を下げてきた若者に、「うむ」と十左衛門はうなずいて見せた。

「して、どうだ？　そなたは怪我はせなんだか？」

本当にこんなに痛い思いをするのは自分だけで沢山《たくさん》で、どうやら山辺が怪我もなく元気そうなのを見て取って、十左衛門はホッと笑みを見せたのだが、その顔を山辺は見てはいなかったらしい。

バッと山辺は改めて平伏すると、額を畳にすりつけたそのままの格好で、くぐもった声で言い出した。

「私のごとき下等の士が、恐れ多くも御目付方ご筆頭の妹尾さまにお助けいただき、あまつさえ、かような仕儀に……」

「おい。ちと待て」

山辺の口上を押し止めると、十左衛門は一転、不機嫌に眉を寄せて、平伏したままの若い番士を糾問《きゅうもん》し始めた。

「今のは何だ？　そなた今、妙なことを申したな」

「え……？」

と、山辺は顔を上げてきた。

「……あ、あの……」

まさかこんな展開になるとは思ってもみなかったのだろう。思いもかけず「妹尾さま」の怒りを買ってしまったらしいことに、山辺はいっぺんに青くなった。

見れば、天下の御目付方ご筆頭は、いかにも不機嫌な目をして、こちらをじっと見つめている。

「あの……、まこと、私のような番士ごときが、申し訳も……」

「おう、待て。それだ」

「…………？」

何が何だか意味も判らず、とにかくもう恐ろしいばかりで、十八歳で新参の山辺は顔面蒼白で身を硬くしたまま、とうとう口も利けなくなってしまった。

その山辺の様子を見て取ると、「ふむ……」と、十左衛門はため息をついた。

「どうもこう、互いによう判らんようだが……」

この若者にどう言えば上手く伝わるものか、十左衛門は、自分でももどかしいままに話し始めた。

「いやな、先般のそなたの言い方《よう》では、まるで『番士のそなた』を『目付の儂《わし》』が助けては、おかしいようにも聞こえるぞ」

「え？」

と、山辺は、心底驚いて目を上げた。

正直、話の内容のほうは、まだいま一つどういう意味か判らないままなのだが、それより何より今の「妹尾さま」の物言いが、まるで自分の父親か叔父《おじ》にでも何かを軽く諭された時のように、妙な具合に心安くて温かく、本当にびっくりしたのである。

「あ、その……、申し訳ございませぬ。どこがおかしゅうございましょうか？」

もうすっかり「妹尾さま」が怖くはなくなって、素直な山辺は、本当に自分のどこが悪かったのかを知りたくて、十左衛門の答えを真っ直ぐに待っている。

「うむ……。こりゃ、どう申せばいいものか……」

やっとこうしてお互いに話になってきたのはいいが、説明が難しい。

十左衛門はじっくりと、考え、考えしながら言い始めた。

「よいか、山辺とやら、儂はな、別にそなたが番士だから助けた訳でもなければ、番士でなかったら助けなかった訳でもないのだ」

「え？　あの……、番士でなければ……？」

山辺は前で、子供のように目を丸くして首を傾《かし》げてくる。

「ああ、いや。ちと違ったようだな」

そう言って十左衛門はまた言葉選びの難しさに顔をしかめると、つい頭を掻こうとして、「いッ……」と、痛みに顔をしかめた。腕をいきなり上げたので、背中が攣《つ》れて、傷が痛んだのだ。

「妹尾さま！」

「お痛みになられまするか？」

とたん、今まで黙って話の推移を見ていた隅田と悦賢の二人が、あわてて声をかけてくる。

「ああいや、大事はない。大丈夫だ」

十左衛門は隅田ら二人に笑って見せると、また前に目を戻した。

すると山辺が、もう自分のせいだと気にしているのか、泣きそうな顔をして、こちらを見つめている。

「ああ、よいよい。気にするな。話に戻るぞ」

「はい……」

童顔の山辺に、十左衛門は苦笑いで説明を再開した。

「そも人が危急の際に、己《おのれ》の前にいる人を助くるに、何の余裕があるというのだ」

「余裕……？」

「さよう。つまり先般、儂がそなたを庇ったは、ああしなければ、そなたの身が危ないと思うただけだ」

山辺にうなずいて見せると、十左衛門は先を続けた。

「ああして儂がそなたを押して茶釜から離れたというのに、それでもこの有様《ありさま》だぞ。もし儂も、他の誰もが気づかずに、そなたがあのままあの場におったら、おそらくは全身、頭から湯を浴びて、まことどうなっておったか判らぬ。恩に着せる訳ではないが、儂が気づいてよかったぞ」

「……妹尾さま……」

そう言った山辺の声は揺れていて、やはり見る間に、目に涙があふれてきた。

「妹尾さま……。まこと、お有難うございました……」

「うむ。そうだ。それだけでよいのさ」

「……はい」

山辺はまた改めて深く頭を下げてきたが、そのとたんに、ぼたぼたぼたと、山辺から涙が垂れてきた。

「おい、山辺よ」

次々と畳に落ちる山辺の涙の雫《しずく》をつい眺めながら、十左衛門は目付らしく、少しく説教をしてこう言った。

「そなたは番方の役人であろう？　そうして素直で曲がった風《ふう》がないのはよいが、あまりに周囲《まわり》に気を遣ってばかりだと、必定、臆病になるぞ。気を強く持て」

「ははっ」

返事をした山辺は涙のなか、精一杯に番方らしく声を張ったようである。

見れば、上司である徒頭の隅田伊左衛門も、有難く、こちらに平伏していた。

「妹尾さま」

やわらかく横手から声をかけてきたのは、表坊主組頭の岩本悦賢である。

「あの、妹尾さま。私、間違《まちご》うておりました……」

「………？」

何のことやら判らず、十左衛門が悦賢を見つめると、人物に筋の通ったこの古参の表坊主組頭は、しごくさっぱりとした良い顔をして、十左衛門にこう言った。

「あのような貼り紙などいたしましたこと、今はもう、恥ずかしゅうてなりませぬ。湯も、水も、洗い場も『誰はよろしく、誰は駄目だ』などと、まことに何とも性《しょう》の根の小さきことをと、情けないばかりでございまして……」

「悦賢どの……」

十左衛門も、嬉しく目を伏せた。

するど徒組の隅田のほうも、こう言ってくれたのである。

「岩本どの。まこと、これまでのご無礼の段、かたじけのうござった」

「えっ、あの、隅田さま……！」

悦賢も心底、驚いたらしい。あわてて隅田に向かって手をつくと、頭を下げてきた。

「私どものほうこそ、まことにもって申し訳もござりませぬ。これまでの数々のご無礼、どうぞお許しをいただきたく……」

悦賢はそう言いさしておいて、「これ、おまえたち！　お詫びをせぬか！」と、坊主たちを叱りつけた。

あわてて実聴ら八人が、隅田をはじめとした徒組に向けて、平伏している。

すると隅田が、自分の配下をぎろりと睨んで促して、青木や山辺ら番士たち七人が、いっせいに坊主方に頭を下げた。

「いや、隅田どの、悦賢どの……」

登城もできぬ床のなかで、ずっと事態の推移を案じていた十左衛門はホッとして、こちらも嬉しくこう言った。

「まこと、良きお見舞いをいただき申した。かたじけない」

「妹尾さま……」

隅田と悦賢が、揃って目を伏せてくる。

そんな「ご筆頭」らの一部始終を、牧原も赤堀とともに静かに眺めていたが、今、牧原は改めて、自分がこの目付方の一人になれた喜びを噛み締めるのだった。

その後の湯呑み所の湯水の使い方《よう》が格段に上品になったのは、誰の目にも明らかであった。

第二話　密通

一

その日、『表台所組頭《おもてだいどころくみがしら》』の一人である四十一歳の坪塚巾太夫《つぼづかきんだゆう》は、非番であった。

この非番は、巾太夫が他の組頭に頼んで当番を代わってもらい、わざわざ取ったものである。昔から何かと世話になっている本家筋の親戚に祝い事があり、その手伝いに行くために、巾太夫は休みを取ったのだ。

表台所組頭の役高は、百俵と四人扶持。

本来なら百俵高の武家としては、登城の際に供《とも》をさせる中間《ちゅうげん》二人と、家のなかにも下男と下女一人ずつぐらいは雇わねば格好がつかないのだが、そんな余裕はどこにもない。

俗に「百俵六人泣き暮らし」などと揶揄《やゆ》される通り、百俵高の幕臣の暮らしは厳しいもので、巾太夫には子供がないから家族は夫婦だけなのだが、それでもやはり奉公人は二人だけしか雇えなかった。

先代の頃からの忠義者で今年六十歳になった中間の岬蔵《さきぞう》と、その岬蔵の孫娘で十四歳のお妙《たえ》という女中だけである。

その岬蔵とお妙を引き連れて、巾太夫は早朝から本家に手伝いに来ていたのだが、夕刻から始まる本家《ここ》の長男の婚礼の準備に忙しく立ち働きながらも、巾太夫の意識はどうしても、ただ一人、家に残っているはずの自分の妻へと向いてしまっていた。

昨夜から妻は「身体の具合が悪い」といって、今日は一人で坪塚の家に居残っているのである。その妻が一人残って、今、実際は誰と何をしているのか、巾太夫は気になって気になって、仕方がないのだ。

（おそらくは、あの男と密通を……）

そうしてはっきり頭のなかで言葉にまで直してしまうと、巾太夫はもう居ても立ってもいられなくなってきた。

「申し訳ございませぬ。ちと拠所《よんどころ》ない用事ができまして、一度、屋敷に戻ってまいりまする」

ともに本家の手伝いをしていた親戚の一人に断りを入れると、巾太夫は武家らしくもなく中間の供も連れずに、一人、自分の屋敷へと戻っていくのだった。

二

『私、坪塚巾太夫は、本日申《さる》ノ刻《こく》（午後四時頃）過ぎ、妻・千夜《ちよ》の密通の場に相行《あいい》き当たりまして、やむなく妻と男とを成敗いたしましてござりまする。屋敷内《うち》のことにてございますゆえ、場はそのままに、相成っておりまする。どうか、お調べのほどを……』

巾太夫が書いた書状を届けて、坪塚家の中間・岬蔵が本丸御殿の玄関前まで駆けつけてきたのは、もうとうに日も暮れた夜五ツ（午後八時頃）のことであった。

玄関の横には、常時、数人の徒目付《かち》が交替で詰めている番所があり、幕臣である坪塚巾太夫の書状はそのまま目付部屋へと届けられて、桐野と二人、宿直番をしていた西根五十五郎が、数人の配下を連れて急行することとなった。

台所方の役人の多くは、神田明神下《かんだみようじんした》に位置する「御台所町《おだいどころまち》」と呼ばれる一画に、拝領屋敷を与えられている。

中間の岬蔵の案内で、暗い夜道をひたすら進み、御台所町の中ほどにある坪塚の屋敷へ駆けつけると、岬蔵が前を照らした提灯《ちょうちん》の灯りに、「坪塚巾太夫」とおぼしき黒い人影が見えてきた。

おそらくは玄関先の式台にでも座り込んでいたのであろう。巾太夫らしきその影は、提灯の向こうで、ふらりと立ち上がったようだった。

「坪塚巾太夫にござりまする。夜分にお手数《てかず》をおかけいたし、まことにもって申し訳もござりませぬ」

深々と頭を下げてきた黒い影に、「うむ」と西根はうなずいた。

「目付の西根五十五郎である。役儀《やくぎ》によって相調べる。案内《あない》してくれ」

「ははっ」

巾太夫は岬蔵が渡してきた提灯を受け取ると、「こちらにございます」と、玄関から屋敷の奥へと西根や徒目付たちを案内していった。

その案内について歩きながら、西根は前を行く坪塚巾太夫の様子を注意深く観察し始めていた。

見れば存外、巾太夫の足の運びは、しっかりしている。

　さっき玄関先の暗闇に一人ぽつねんと座り込んでいたから、密通の現場を見てしまった衝撃や怒りと、妻を手にかけてしまったことへの後悔や怯《おび》えが綯《な》い交ぜになり、茫然自失して動けなくなっているのかと思ったのだが、どうやらそこまでではなかったようである。

　この案件、西根は『目付』として、是非にも見定めねばならないことがあった。

　坪塚が書状に書いてきた通り、真っ暗なこの先には、巾太夫の妻女と男が死んでいるに違いない。そのことは玄関から奥へと廊下を歩き始めて程なく、薄っすらと血のにおいがしてきたことでも明らかであった。

　そのにおいは、今ではもう鼻を覆いたくなるほどに強くなっているから、西根自身も覚悟して奥へと進んでいるのだが、問題は、この坪塚という男が妻女や男を殺《あや》めた理由にあった。

　幕府には『公事方御定書《くじがたおさだめがき》』という、八代将軍・吉宗《よしむね》公の御世に制定された法典があり、人殺しであろうが、詐欺《さぎ》や傷害、盗みであろうが、すべて犯罪は、この公事方御定書に則《のっと》って裁かれ、罰せられる。

　御定書の第四十九条には、「『密通』お仕置きのこと」という箇条もあり、

「密通いたし候《そうろう》妻、死罪《しざい》。

密通の男、「死罪」

と、はっきり定められているのだ。

おまけに、もし夫が妻の密通の現場に行き当たった場合には、妻と相手の間男《まおとこ》とを二人重ねて、その場で斬り殺してしまってもよいことになっている。

つまりこの条文に照らせば、密通が事実であるならば、夫の坪塚巾太夫は妻女や男を殺めていても、直ちに「無罪放免」になるのである。

だが一方、もし密通の事実はなくて、巾太夫が勝手に勘違いしただけのことであったり、妻女は密通などしていないのに、夫の巾太夫が妻を亡き者にしたいがために「密通していた」と嘘をついているのなら、巾太夫はただの人殺しということになる。

御定書の第七十一条には『人殺し』についての制定もあり、もし巾太夫が嘘の密通話をでっち上げて妻を殺害したのであれば、切腹も御家断絶も免《まぬが》れないほどの厳罰に処されるのだ。

今ここはあまりにも暗くて、巾太夫の顔つきを観察できないのが難点だが、それでもできるだけの事実《もの》は見て取ってやろうと、西根は前を行く坪塚巾太夫という幕臣をギラギラと見続けていた。

と、前で、いきなり巾太夫が立ち止まった。

「あの、こちらでございますのですが……」

そう言って巾太夫が指した座敷は、今は襖が閉まっている。

「うむ。なれば、検察いたそう」

西根が答えると、「はい」と巾太夫は、改めて深く頭を下げてきた。

「妻の千夜にてござります。よろしゅうお願いいたします」

「うむ」

西根が再び返事をし、巾太夫が襖を開けたとたんであった。

「うっ……」

と、思わず西根をはじめ供の徒目付たちも、あまりに濃い血のにおいに耐えきれず、袖で自分の鼻や口をふさいでいた。

それでも徒目付たちはいっせいに内部《なか》の様子を見ようとして、汚臭《おしゅう》の充満した真っ暗な座敷のなかに、提灯を差し入れている。その頼りない灯りに、一部、また一部と照らし出された現場は、西根が想像していた通りの凄惨《せいさん》なものであった。

妻女らしき女は、正面からの袈裟懸《けさが》けで一刀のもとに斬り捨てられており、少し離れた布団の上でうつ伏せに倒れている男のほうは、背中から滅多刺しに幾度も幾度も刺されている。

だがこれが『密通』の場であることだけは、誰の目にも明らかであった。

女は襦袢《じゅばん》に細紐《しごき》を一本巻いただけの、あられもない姿である。男も袴《はかま》は脱ぎ捨ててあり、着流しになった着物もぐずぐずで、細帯が解けかけていた。

そうして、さらに西根の目を引いたのは、「千夜」という妻女が、あまりに若いことだった。今、横にいる夫の坪塚巾太夫は四十がらみというところだが、対して、斬られて死んでいるこの妻女は、どう見ても二十歳前後という風にしか見えなかったのである。

男はうつ伏せに倒れているから年齢の判断はつかないが、その男の下で、いいように血を吸った布団の向こうには、枕も二つ転がっている。

この案件は、巾太夫が書状で訴えてきた通り、「密通の果てに起こった、夫の手による成敗である」と認めて、問題はないようだった。

「高木《たかぎ》」

「はっ」

西根は徒目付のなかから高木与一郎《よいちろう》という古参の者を呼び寄せると、現状のあらかたを書き留めておくよう指示をした。

「して西根さま、亡骸《なきがら》のほうはいかがいたしましょう?」

高木が訊いてきたのは、この現場の片付けのことである。

幕府では、金や出世や色恋といった自分の欲で罪を犯した者たちを普通に弔《とむら》うことを許していない。周囲の者たちを蔑《ないがし》ろにして、わがままに自分の欲や得を通した者たちの末路がどれほど悲惨になるものか、そうしたことをわざと世間の皆々に知らしめて、犯罪に走りかねない者たちへの抑止力にしているのだ。

今ここに殺されている不義《ふぎ》密通の二人も同様で、通常の手順であれば、ここで筵《むしろ》でも被《かぶ》せて大八車に積み込み、罪人を運ぶ人足たちに頼んで、千住《せんじゅ》にある罪人用の無縁仏の墓地まで運んで埋棄《まいき》することになる。

だが何ぶん、今はもう夜であった。

「今から千住に送るというのも難しいかと存じますので、今はこのまま布団か筵でも被せるだけにいたしまして、明日にでも早々に……」

「いや……」

と、西根は首を横に振った。

「おそらくは『密通』と見て間違いはなかろうが、処分の前に、やはりさまざま確かめねばなるまい。しばらくは場をこのままに残さねばならぬゆえ、亡骸を筵で隠すだけにして、あとは触るな」

「ははっ」

高木が返事をするやいなや、他の配下の者たちが、適当な筵を探しに、庭の物置に向けて出ていった。その手伝いをしようとしたか、坪塚家の中間・岬蔵も場を離れようとしている。

西根はそれを見て取って、中間の背中に声をかけた。

「おい、そこの者。この家《や》の菩提寺《ぼだいじ》はどこだ？」

「つい先の霊雲寺《れいうんじ》さまでございます。走れば小半刻《こはんとき》（約三十分）とかかりません場所《ところ》で」

「よし。なれば、そなた、今より急ぎその寺に出向いて、住職を呼んでまいれ。葬儀は相成らぬが、とりあえずの経《きょう》くらいはあげてやっても構わぬであろう」

西根はそう言って、つと後ろに立っていた坪塚巾太夫を振り返った。

「どうだ？　そのほうが、そなた自身も気が落ち着こう？」

「……はい。よろしゅうお願いいたしまする」

巾太夫もうなずいて頭を下げてきたが、さりとてそれで、何ら感情が動いたという風でもない。さっき玄関外の暗闇で初めて名乗ってきた時からずっと「坪塚巾太夫」というこの男は、淡々と静かなままであった。

自分の妻を袈裟懸けに斬り殺し、間男のほうは滅多刺しにしたという男が、今はもう別人のごとくになっている。

この異様なほどの静けさを、西根は目付として注視するのだった。

三

岬蔵が急ぎ呼んできた菩提寺の僧侶に供養の経を上げてもらうと、西根は巾太夫から仔細を聞くため、配下の高木らも引き連れて、玄関に近い客間へと移ってきた。

すでに岬蔵が気を利かせて、客間には二つも行灯《あんどん》が点《つ》けられ、すっかり明るくなっている。

その客間で巾太夫と向かい合い、西根はさっそく訊問《じんもん》を開始した。

「まずは今日、こうなるまでの経緯について伺おう」

「はい」

うなずいて、巾太夫は話し始めた。

「今日は本家にあたる親戚に婚儀がございましたので、中間の岬蔵と女中の妙も連れまして、朝からずっと手伝いに出ておりました」

「ご妻女はどうされた？　何故ともに手伝いに連れていかなかった？」

西根に鋭く質問されて、巾太夫はわずかに目を伏せた。

「昨夜より『身体の調子がよくない』と申しまして、今日は一人で屋敷に残っておりましたので……」

「ほう、さようであったか」

西根はわざとらしいほどに大きくうなずくと、つと巾太夫のほうに身を乗り出して、斬り込んだ。

「なれば単刀直入に伺うが、ご妻女がそうして一人残ったことを疑っておったゆえ、わざわざ屋敷に戻ってこられたということか？」

「いえ、そういう訳ではございません。私が屋敷に戻ってまいりましたのは、ちと忘れ物をいたしましたからで」

「ほう……。『忘れ物』にござるか？」

忘れ物を取りに戻ったら、偶然、妻の密通現場に遭遇したなんぞと、そんな黄表紙《きびようし》（通俗読物）のごとき話を、鵜呑《うの》みにできる訳がない。本家の手伝いをいったん抜けて、わざわざ自分の屋敷まで戻ってきたというのなら、それはおそらく妻・千夜の密通を、すでに疑っていたからに違いなかった。

あの現場を見るかぎりでは「密通」と見て間違いはなかろうが、万が一にも、この黄表紙のごとき展開に巾太夫の仕組んだ策があり、密通に見立てて妻や男を殺めたのであれば、裁きは真逆《まぎやく》なものとなるのだ。

そこは是非にも、はっきりさせねばならない。西根は更に、巾太夫を突っついた。

「して、何をわざわざ取りに戻られた？」

「いや別に、つまらぬものにてございますので……」

「つまらぬもの、とな？」

「はい」

いかにも突っかかるような物言いをしている西根に負けず、巾太夫は相も変わらず淡々と答えている。そうしてもうこれ以上、忘れ物については何も喋らないという風に、きっちりと真一文字《まいちもんじ》に口を引き結んだ。

「ふむ。さようか……」

嫌味たらしく言いながら、西根はもう、次の一手を考えていた。

「おう、そうそう……。ちとご妻女について伺うが、あれでご妻女は幾つになられる？　見たところ、そなたとは随分と歳が離れておったようだが……」

「はい」

と、巾太夫は、またも何の感情も見せずに答えてきた。

「私は今年四十一《しじゅういち》になりまして、妻・千夜は二十二にございました。もう九年ほども前になりますが、先妻が病にて亡《の》うなりましたもので、本家よりの口利きで、一昨年の春、千夜を後妻にもらいました」

「さようであったか」

西根はうなずいて見せると、能面のごとき巾太夫の本心を何としてでも引きずり出そうと、更に鋭くこう言った。

「いや、なればなかなかに、ご苦労もあったことでござろう。して、ご妻女とともにおったあの男は、何者にござる？」

わざと軽口のように訊ねてみた西根に対し、巾太夫はまたも怯《ひる》まず、首を横に振ってきた。

「存じませぬ。見たこともない者にてございますので」

「ほう。なれば、面識のない男でござったか」

「はい」

「……相判った」

どうやらもう、今ここで巾太夫から聞き出せる要素はないようである。

西根は一気に見切りをつけると、坪塚巾太夫の前から、やおら立ち上がった。

「坪塚どの」

「はい」

巾太夫は何ほどもない表情で、座したままこちらを見上げている。

その幕臣の坪塚巾太夫に、西根は目付として命じて言った。

「いまだ吟味の途中ゆえ、そなたの身柄はどこぞ他家へと『預け』になるが、なにせこの夜半だ。実は先ほど菩提寺のご住職に頼んで、今宵一晩そなたの身柄をお預かりいただくことになっておる。目付方《こちら》で見張りをつけるゆえ、今より急ぎ支度を整えて、寺に移られるがよろしかろう」

「ははっ」

目付の言葉に、巾太夫は改めて平伏するのだった。

四

坪塚巾太夫の周辺を調べまわっていた徒目付の高木与一郎が、「巾太夫には、母方の親戚に、ごく仲のよい従兄《いとこ》がいる」との情報をつかんできたのは、翌々日のことであった。

親類縁者たちの話では、その従兄は巾太夫より十二歳も年上だそうで、昔から兄弟姉妹のいない巾太夫を弟のように可愛がり、ことに巾太夫が先妻や両親に先立たれてからは、あれやこれやと折りごとに相談に乗っていたらしい。

数年前まで『賄方《まかないかた》』の組頭を務めていた井手多次郎《いでたじろう》という者で、今はもう息子の代に家督を譲り、隠居暮らしをしているとのことだった。

今、西根は徒目付の高木の案内で、小石川《こいしかわ》にあるその井手の屋敷の前までやってきたところである。

まずは高木が目付方と名乗り、巾太夫について事情を聞きたい旨、玄関に出てきた中間に申し入れると、隠居である多次郎がすぐに奥から現れて、玄関の式台に手をついて頭を下げてきた。

「私が巾太夫の従兄の多次郎にござりまする。何でもお話しいたしますゆえ、どうか巾太夫をお助けくださりませ」

多次郎は、自ら西根ら二人を客間へと案内すると、中間が客の西根たちに茶や菓子を出し終えたのを契機に、堰《せき》を切ったように話し始めた。

「僭越《せんえつ》ながら申し上げます。巾太夫の後妻のあの『千夜』という者は、もとより『札《ふだ》付《つ》き』の嫁にてございました。いつかこうしたことになるのではないかと、実は親戚一同、かねてより、ずっと案じておりましたほどで……」

「札付きとな？」

「はい」

九年前、最初の妻を病で亡くして子もなかった巾太夫に、千夜を薦めてきたのは、巾太夫にとっては父方の伯父《おじ》にあたる、坪塚家・本家の当主であったという。

「あれはたしか一昨年の、春先のことにございました。どうやら千夜は、本家の伯父御《ご》さまの配下の娘でございましたようで……」

その当時、千夜は二十歳で、三十九歳だった巾太夫とは、十九も歳が離れていた。

「『もう二十歳と、ちと薹《とう》は立っておるが、おぬしも四十になるのだから、後妻とするに不足はあるまい』と薦められ、坪塚の家が絶えぬよう、早く子を生《な》すようにと言われたそうにございました」

「さようか」

西根は多次郎が話すままに任せていたが、つと知りたいほうに話を向けた。

「して、『札付き』と申すは、どういうことだ？」

「はい。それが、とにもかくにも、あまりに酷《ひど》うございまして……」

多次郎は、いかにも千夜を嫌っていたらしく、眉間に皺《しわ》を寄せた。

「あの千夜という娘には、十四、五の頃より入れ揚げている男がおりましたそうで、その男に唆《そそのか》されては、親の金を持ち出したり、家出して水茶屋《みずぢゃや》に勤めたりと、もうとても堅気《かたぎ》な風ではございませんで……」
十七、八の頃にはすっかり家には戻らなくなっていて、親兄弟や親戚が必死に探しまわったところ、水茶屋とは名ばかりの女郎店《じょろうだな》のようなところに、住み込みで働いていたという。
水茶屋の店主の話では、くだんのその男が自分に金を貢《みつ》がせるために、半ば売り飛ばすようにして、千夜を連れてきたらしい。

千夜の親兄弟や親戚は激怒して、「もうあの男に会ってはならぬ!」と、店を辞めさせた上で屋敷まで連れ帰った。

これが千夜、十九歳の時だそうである。その後、千夜には見張り役の女中もつけて、奥の座敷に監禁していたそうなのだが、それでも何かの拍子には男に会いに行きたいのか、屋敷を逃げ出そうとする。

両親も親戚もそんな娘に困り果てて、どこぞに嫁に出して子でも産めば、男のことなど忘れて落ち着くのではないかと、あちこち縁談を頼みまわっていたようで、そんな千夜の話は恰好の噂の種となり、当時から台所方や賄方の間ではかなり有名になっていたというのである。

「ほう。さようであったか」

と、これはいつもの嫌味ではなく、西根は満足げにそう言った。どうやらこの案件も、最初の見立て通りの『密通』で間違いないようである。

「千夜の父親は、たしか『御膳所《ごぜんどころ》』の『台所人』であったな?」

これはあらかじめ高木から、報告を受けていたことである。

訊かれて井手多次郎も、「はい」と大きくうなずいた。

「茂木《もぎ》幹《かん》右衛《え》門《もん》と申しまして、一昨年の婚儀の席で見かけたかぎりでは、四十半ばくらいの歳ではございませんかと……」

「うむ。して、井手どの。こたびの密通の相手がどこの誰かは、ご存知か?」

西根の問いに、多次郎は待ってましたとばかりに答えてきた。

「それはもう『中脇洋二郎《なかわきようじろう》』と申す、小普請《こぶしん》(無役)のお旗本の次男坊にございましょう。千夜が十四、五の時から貢ぎに貢いでおりましたのも、その『洋二郎』という二つ年上の男でございますゆえ」

千夜たちの亡骸を自分自身で見た訳ではないが、坪塚家の中間である岬蔵から、

「あれはたしかに『洋二郎』というお旗本だった」と聞かされているから間違いないと、多次郎は言い切った。

「あの中間が『中脇洋二郎だ』と、そう申したのか？」

驚いて西根は訊き返したが、その西根の口調の鋭さに、多次郎は気づかなかったようだった。

「はい。『茂木の娘の相手が、旗本の次男坊だ』ということは、台所方でも賄方でも、しごく知れ渡っておりましたゆえ」

「ほう。なるほどの……」

西根はそう言ってうなずいたが、今の西根の「なるほど」の意味は、おそらく多次郎が考えていることとは、まるで違っていた。

密通相手の素性が簡単に知れたのは、たしかに幸いである。だが問題は、あの岬蔵という中間が、千夜の相手が誰なのか、名も顔もはっきり知っていることであった。

一方、西根《こちら》は、あの凄惨な現場に駆けつけた際、「この男が誰か判るか？」と、巾太夫に訊いている。だがその時、巾太夫は、「存じませぬ。見たこともない者にてございますので……」と答えてきたのだ。

先代の頃からの古参で、いかにも忠義者と見えるあの中間が、主人の巾太夫に「間男」の名や素性を伝えないなどということがあるだろうか。

いや、もっと遡《さかのぼ》れば、巾太夫のことをこれほどに案じているこの従兄が、千夜に男がいたことを巾太夫に教えてやらぬ訳はないし、第一、多次郎が言うほどに「茂木の娘」が噂になっていたならば、巾太夫の耳にも入っていたに違いないのだ。

つまり巾太夫は一昨年の春、千夜が普通の娘ではないことを知っていて、それでも嫁にもらったということになる。

「ちと訊ねるが……」

西根は極力さりげなく、多次郎に鎌をかけた。

「その『茂木の娘の噂』だが、坪塚どのはそうと知らずに後妻にもらってしまったということか？」

「いえ、とんでもございません」

多次郎は何の躊躇《ちゅうちょ》もなく答えると、勢い込んで、どんどん先を続けてきた。

「茂木の娘との縁談など、私も岬蔵もさんざんに反対をいたしましたし、巾太夫とて、やはり良い気持ちはいたしませんから随分と悩んでおりました。それを無理やり巾太夫に『もらう』と言わせましたのは、坪塚の本家のほうでございまして……」

ただ巾太夫には、その縁談を容易に断ることのできない理由があった。

今から九年ほど前になるのだが、先妻が病で床《とこ》についていた頃、巾太夫は本家からさまざまに援助を受けていたのである。医者代や薬代など借金を肩代わりしてくれただけではなく、看護のための女中まで長く貸し出してくれて、あの当時、坪塚の本家には本当に世話になったのだ。

「巾太夫は昔から根が真面目でございますので、本家の伯父御さまに恩義を感じて、断るに断れずにおりまして……」

本家の伯父・坪塚三郎兵衛《さぶろべえ》は、『膳所方』の組頭をしていて、千夜の父親・茂木幹右衛門は直属の配下であった。

『膳所方』というのは、台所方のなかでは一番に格の高い、上様のお召し上がり物を調理する役方である。

役高・二百俵で旗本身分の者が務める『膳所台所頭《がしら》』三名を長官に、役高・百俵四人扶持の『膳所台所組頭』が四名、その下に役高・五十俵の平《ひら》の『膳所台所人』が四十人いて、その一人が茂木幹右衛門であった。

対して、坪塚巾太夫の勤める『表台所方』は、登城してきた大名たちや、日々城に勤める旗本や御家人たちの、いわば「賄《まかな》い飯」を作る役方である。

長官で定員二名の『表台所頭』が役高・二百俵で、その下の巾太夫ら『表台所組頭』が役高・百俵四人扶持であるのは『膳所方』と同じであったが、その下の平の『表台所人』六十八名は、膳所方の台所人より十俵も低い役高・四十俵であった。

台所方の役人は、先祖代々「台所」に勤めて働く、譜代の家柄の者ばかりである。

見習いとして働く最初の勤め先は、城勤めの諸役人向けに「賄い飯」を作るだけの『表台所方』がほとんどで、そこで仕事を覚えて修業して調理の腕を認められると、上様のお召し上がり物を用意する『膳所方』へと晴れて転任するというのが、まずは出世の定番の一つであった。

「そうしたこともございまして、可哀相《かわいそう》に巾太夫は、本家の伯父御さまには逆らえぬのでございましょう。私に甲斐性があり、巾太夫に満足な援助ができますならば、こたびのようなことにならずに済みましたでしょうに……」

そう言って多次郎は、目頭を押さえている。

だが一方、西根はその多次郎を尻目に、別のことを考えていた。

巾太夫が目付のこちらに「妻の相手など知らない」と言ったのは、やはり惨《みじ》めであったからだろうか。

実際のところ、あの坪塚巾太夫は、妻の密通の相手が誰なのか知っていたばかりではなく、千夜にはその「洋二郎」という腐れ縁の男がいたことを知っていて、それでも後妻にもらっているのだ。

なれば普通は形ばかりの夫婦となって、今更、洋二郎と密通されたところで「二人揃えて、斬り殺す」ほど、激怒するものであろうか。

それともやはり、そのほかに、巾太夫を人殺しにするほどの何かがあったのだろうか。

密通された夫の心情を思って、西根は顔をしかめるのだった。

五

井手多次郎の証言により、千夜の密通相手が『中脇洋二郎』だと判明し、直ちに徒目付の高木が中脇家へと報せに向かった。

一方、西根は他の目付方配下たちとともに、神田御台所町の坪塚家の屋敷のほうへとまわっていた。

巾太夫が二人を殺害した理由が密通にあると正式に確定するまでは、できるだけ現場を弄《いじ》らず残しておかなければならないため、あの後は、坪塚家の中間である岬蔵に目付方配下を数名つけて維持させている。

すでに巾太夫の身柄は正式な「預け先」が決定し、菩提寺の霊雲寺から、そちらへと移されている。巾太夫の直属の上司である『表台所頭』の一人、増山素八郎実親《ますやまもとはちろうさねちか》という旗本の屋敷で、巾太夫はその頭《かしら》のもとで一件の沙汰が下るのを待つ形となっていた。

坪塚の屋敷に着いた西根が、現場に異常がないかを確かめに奥の座敷へと向かっていくと、あの晩は血のにおいでむせ返るようだった廊下が、今では一転、線香の香りに包まれている。

おそらくは、あの忠義者の岬蔵が用意したものであろう。くだんの部屋の入口には文机が置かれていて、線香や花が供えられていた。

その中間の心尽くしが、救いとなったらしい。

ほどなく徒目付の高木の案内で、中脇洋二郎の父親と兄が駆けつけてきたのだが、「こちらで……」と通された現場の部屋の前に、供養の花や線香が供えられているのを見て、胸が詰まったようだった。

密通は、天下の決めた御法度《ごはっと》の一つである。その罪を犯した者は、死して尚、自分の罪を悔い続けねばならないため、本来ならば供養を受ける資格がないのだ。

だが岬蔵はそこを押して、こうして供養しているのである。

その供養を受けているのが、この家の住人だった千夜だけではないことは、文机に置かれた線香や花の数を見れば、誰にでもすぐに判った。線香を挿す香炉も、花を生けた小さな花瓶も二つずつ用意されていて、供養を分けてあるのだ。

気配りの細かい岬蔵は、妻に密通されて傷ついた巾太夫の気持ちをも慮《おもんぱか》って、千夜と洋二郎とを一緒の供養にしないよう、わざと分けたのかもしれなかった。

洋二郎の父と兄は、その供養の先に広がる凄惨な現場に驚愕していたようであったが、それでも筵に隠されて冷たくなっている若い男が、たしかに次男の洋二郎である旨、確認した。

「私の躾《しつけ》が至らぬせいで、まこと、坪塚どのには大変なご迷惑を……」

そう言って目を伏せたのは、洋二郎の父親・中脇源右衛門《げんえもん》である。

すでに六十を越えたという源右衛門は、中脇家の家督を長男の紀一郎《きいちろう》に譲り、自身は妻と隠居暮らしを送っているそうで、今日はその中脇家の当主である長男とともに駆けつけてきたそうだった。

現場の部屋を離れて、岬蔵が茶の用意をしてくれた客間に皆で移動すると、西根はさっそく中脇家の二人から、洋二郎について話を聞き始めた。

「洋二郎は、私が四十、妻も三十を越えてより生まれた末子にございましたゆえ、何につけても、どうにも甘うなってしまいまして……」

源右衛門夫婦には来年四十歳になる長男・紀一郎を頭に、三十七歳の長女、三十五歳の次女と、他家へと嫁《か》した娘たちがおり、一人だけぽつんと離れて、まだ二十四歳の次男の洋二郎がいたという。

「洋二郎が十になる頃には、この紀一郎も嫁をもらっておりましたし、娘らは嫁して家にはおりませんでしたから、必定《ひつじょう》、屋敷のなかで『子供』といえば、洋二郎ばかりでございました。それが、まずは間違いのもとでございまして……」

大人ばかりのなかで、いいように甘やかされ、嫌なことや面倒なことはすべて周囲が手を出してやってくれるし、「あれが欲しい。これが食べたい」と泣きわめけば、母親や兄嫁、古参の女中といった女たちが「はい、はい」と叶えてくれる。

「一事が万事そんな具合でございましたゆえ、長じて後も千夜どのに、まるで屋敷内《うち》で母にでも甘えるように、何でもねだって、やってもらっていたのでございましょう。ただそんな洋二郎にも、去年、養子縁組の話が舞い込んでまいりまして……」

中脇家は三代に亘《わた》って無役の小普請ではあったが、家禄・三百石高のれっきとした旗本である。

養子縁組の相手は、家禄こそ「二百石」と中脇家よりわずかに劣っていたが、江戸城内にある十三万坪もの広さの『吹上御庭《ふきあげおにわ》』を管理する、『吹上奉行』の一人で、洋二郎にとっては実によい養子先であった。

「洋二郎《あれ》も、さすがに嬉しかったのでございましょう。あれほど毎晩、悪い仲間と飲み歩いておりましたというのに、その縁談《はなし》が来てよりはパタリと外出《そとで》をやめまして、紀一郎を相手に剣の稽古や、立ち居振る舞いの習練など、必死にいたしておりました」

だがその養子縁組の話は、三月《みつき》としないうちに立ち消えとなった。

相手の家が、どこからか洋二郎の放蕩の噂を耳にしたらしく、「私どもは二百俵で、やはり家格が合いませぬゆえ、この縁談《はなし》はなかったことにしていただきたい」と、体《てい》よく断ってきたのだ。

「身から出た錆《さび》とはいえ、洋二郎もずいぶんと気落ちしたようでございました。荒れていよいよ遊びまわるようになりまして、おそらくはそのなかに千夜どのも……」

「ほう、なるほど……」

これまで黙って聞いていた西根が、急にいつもの皮肉屋ぶりを全開にして、いかにもわざとらしく幾度もうなずいて見せた。

「なれば、ご次男が坪塚どののご妻女と密通いたしたは、そうした鬱憤《うっぷん》晴らしの一つに過ぎなかったということにて、ようござるな？」

「あ、いえ。そのようなことでは……！」

「…………」

目付の心証を悪くしたかと、中脇源右衛門は青くなっているようだったが、西根はもう意地悪く黙り込んで、良いも悪いも、いっさい何も答えない。

洋二郎の父親であるこの旗本は、一見、殊勝に千夜にも詫びているようでいて、実際のところは、千夜や巾太夫が旗本ではなく御家人身分なものだから、やはりどこかで軽んじているのである。

その本性がはっきり透けて見えてきて、西根は腹を立てたのだった。

前で中脇源右衛門は、どう言い繕《つくろ》えばよいものかと、おろおろしているようである。

すると、これまでずっと父親の後ろで控えて何も喋らなかった洋二郎の兄・紀一郎が、「卒爾《そつじ》ながら申し上げます」と、横手から口を出してきた。

「洋二郎は、父や周囲が思いますほどには、女人《にょにん》に好かれる性質《たち》ではございません。放蕩の仲間とともに町場を練り歩いて酒を飲み、鬱憤晴らしに喧嘩をして、たまにはなけなしの小遣いをはたいて吉原の下店《したたな》などにも通っていたやもしれませぬが、堅気の女《もの》で、まともに洋二郎に寄り添うてくれたのは、茂木どのの屋敷《ところ》の千夜どのだけでございましょう」

「ほう……」

おもしろいと、西根はニヤリとして眉を上げた。

今、紀一郎が弟を庇って言ってきた「茂木どのの屋敷の千夜どの」という、その言い方《よう》が、西根にはおもしろかったのである。この兄が、千夜をいまだに「茂木の娘」と位置づけていることが、洋二郎と千夜との間の切っても切れない腐れ縁を物語っているようだった。

「して、それが『何だ』と申される？」

西根がわざと意地悪く訊ねると、紀一郎は、やおら畳に手をついて頭を下げてきた。

「洋二郎がまだ十五、六の頃より、あの二人は、良くも悪くもお互いに身を寄せ合《お》うておりました。洋二郎は周囲《ひと》に甘えて楽をするのが当たり前になっておりましたので、千夜どのにも甘えて集《たか》るような真似もいたしてはおりましたが、もとより旗本の次男の洋二郎と千夜どのでは、結ばれようはございませんし……」

旗本の息子と御家人の娘で、そうでなくとも所帯を持つのは難しいというのに、洋二郎は次男坊ゆえ中脇の家は継げず、千夜にも上に兄がいるから、洋二郎を婿にして茂木家を継ぐという訳にもいかなかった。

「もとより継げる家のない、哀れな二人でございました。『どこまでも身内に甘い』とお叱りは受けましょうが、密通を犯したとあれば、弔いは許されず、墓を立ててもやれませぬ。兄として、せめて最期に少しでも庇うてやれればと……」

「相判《あいわか》った」

紀一郎の長い話を断つようにそう言うと、西根は会談を終わらせて立ち上がった。

「追って正式に沙汰をいたすが、洋二郎の身柄は明日にでも千住送りに相なろう。さよう心得よ」

「ははっ」

目付の言葉に、中脇家の隠居と当主が親子して、改めて平伏するのだった。

六

程なく、この一件は正式に「密通の案件」としてさまざま処置が行われて、千夜と洋二郎の亡骸は罪人として千住に送られ、夫の巾太夫は「妻と間男を成敗しただけ」ということで、無罪放免となった。

無罪であるので、当然のことながら、坪塚巾太夫は元の暮らしに直《ただ》ちに戻る。

表台所方の組頭として、再び配下の台所人たちを指揮指導しながら、城勤めの役人たちの賄い飯を作る日々が始まった訳だが、一つだけ、以前とは大きく異なる事態が起こっていた。

同僚のもう一人の組頭や、配下の平の台所人たちに、巾太夫は距離を置かれるようになっていたのである。

ただし「距離を置かれる」とはいっても、決してあからさまなものではない。皆、これまでと同様に巾太夫にあれやこれやと話しかけてくるし、巾太夫のほうでも同様に、さまざまに誰とでも話をする。

だが、いざ調理が始まって、巾太夫が包丁でも手にしようものなら、皆がチラチラ巾太夫の手元を窺《うかが》って、びくびくしているのだ。

一度などは、菜切り包丁を持ったまま、流し台の脇に置かれた青菜の束を取りに行こうとしたら、ちょうど進行方向にいた台所人が「ひっ」と言って仰《の》け反って、そのまま尻餅をついてしまった。

「おう、どうした、重治郎《しげじろう》。足でも滑らせたか？」

と、あわてて近くにいた別の台所人が巾太夫に気を遣って、何でもないという風を装ってくれたのだが、その場が一瞬、凍りついたようになり、刃物を手にした自分がはっきりと「人殺し」の異彩を放っているということに、巾太夫は改めて気づいてしまったのだ。

「そんな次第で、もう六日ほども前になりますが、当人の坪塚巾太夫より『自分は御《お》役御免《やくごめん》をいただいたほうがよいのではないか』と進退伺いを受けまして、いかがいたせばよいものかと……」

そう言って西根に面談を求めてきたのは、一時期、巾太夫を預かっていた『表台所頭』の一人、旗本の増山素八郎実親であった。

今、西根は高木だけを供に連れて、増山ら表台所頭が詰所としている台所の一角の小座敷を訪れている。

詰所といっても名ばかりで、厨房の続きのように襖は開けっ放しになっており、台所人たちが忙しく、あちこちで調理している様子が見えるようになっている。

今は「とりあえず」の形で、巾太夫を非番にし続けているそうだが、もとより組頭は二名しかおらず、調理の指揮を執る組頭が一人欠けた状態で当番をまわしていくのは難しいため、この一件の担当だった西根に相談を持ちかけたという訳だった。

「して、頭《かしら》のそなた自身は、どう思うておるのだ？」

西根の問いに、「それはもう……」と増山は、身を乗り出さんばかりになった。

「むろん、できますものならば、坪塚巾太夫にはこのままで、組頭として相勤めてもらいたく存じまする」

もとより巾太夫は物静かで、もう一人の組頭のように明るく周囲を笑わせたりする性質《たち》ではなかったが、その代わり仕事や配下への目配り気配りはすばらしくて、調理の最中、どこかが手が足りずに困っていたりすると、すぐに人手を増やしてくれたり、巾太夫自ら手伝ってくれたりする。

誰かが何か失敗しても、それを頭ごなしに怒ったりはせずに、まずは全体が潤滑に進むよう手配をつけた上で、どうすれば次に失敗せずに済むかを、じっくりと教えてくれる。

そんな巾太夫であるから、自然、配下の台所人たちは巾太夫を慕ってよく働いてくれて、増山ら表台所頭の二人も、巾太夫を頼りに思っていたそうだった。

「なれば『坪塚を戻す』に、一体、何の支障がある？　一件のほとぼりが冷めるまで、坪塚《あやつ》には刃物を持たすな」

西根はムッとして言い放った。目付のこちらは常に幾つもの案件を抱えて忙しいというのに、この「増山」という表台所頭は、わざわざこうして目付の自分を呼び出してきたのだ。

「第一そうして『人の手配を上手《うま》くつける』のが、そなたら頭《かしら》の役目であろうが！」

そう言って西根がはっきり怒ると、「申し訳ございませぬ」と、凡庸《ぼんよう》だが、人の好い増山は小さくなった。

「実は私もさんざんにそう言って、仕事に出るよう勧めたのでございますが、これがいっこう坪塚が言うことをききませんので」

自分はもう普通に生きる資格はないのだから、どうぞ別の誰かを組頭に上げて、私のことなど打ち捨てになさってくださいませと、増山が訪ねていっても、頑《かたく》なにそう言うばかりだという。

その巾太夫が見るからに痩せこけていて、頭《かしら》の自分を見送りに門の外まで出てくるにも、足元がふらついて覚束《おぼつか》ない風であったのが、増山を驚かせたらしい。

「帰り際、坪塚の家の中間を外の通りまで呼び出しまして、『坪塚は、飯を喰うておるのか？』と訊ねてみましたところ、あの中間が泣かんばかりに、取りすがってまいりまして……」

無罪になって屋敷に戻ってきてからというもの、主人の巾太夫が満足に食事を摂ってくれない。せめて、酒で肴《さかな》を流し込んでくれればと、身になりそうな酒のつまみを幾つもこしらえて、酒と一緒に膳に並べているのだが、つまみはむろん酒のほうも、わずかに口にするだけで、「すまぬが、もう片付けてくれ」と言われてしまう。

あれでは、さほど遠くもないうちに動けぬようになってしまうに違いないと、忠義者の岬蔵は目を赤くしていたそうだった。

「坪塚の屋敷は、たしか女中がいたと聞いたが……」

思い出して西根が言うと、増山も「はい」とうなずいた。

「まだ十四、五の小女《こおんな》で、あの中間の孫娘だそうにございますが、こたびのことで、屋敷に足を踏み入れるのを怖がっておりますそうで、必定、今は坪塚と中間の二人きりだそうにござりまする」

「さようか……」

現場となった座敷が今どうなっているかは判らないが、どこもかしこも供養の線香のにおいでいっぱいだったあの屋敷で、四十過ぎと六十過ぎの男が二人、寒々と暮らしているのであろう様子が、目に浮かぶようである。

事件の直後、西根が訊問していた時、巾太夫は何ら取り乱すこともなく、問われるままに淡々と話していた。その坪塚巾太夫が、今は自ら御役を退くことを口にして、物も喰わずにどんどん痩せていっていると聞き、西根にはようやく巾太夫の心の内が見えてきたのである。

　妻に密通された男の苦しみなどというものは、よしんば二人を斬り殺したところで、少しも楽にはならないであろう。そのことを、西根は己自身の経験から、容易に想像することができた。

「なれば、ちと様子なりと見てまいろう」

　急にぼそりとそう言い出した西根に驚いて、「え？」と目を丸くしたのは、供として後ろに控えていた徒目付の高木与一郎である。

「では西根さま、坪塚の屋敷のほうに……？」

「うむ。今すぐに参るゆえ、そなたがこのまま供をせい」

「ははっ」

　気難しい西根が相手だから、高木もこれ以上は何も言わずに、ただただ素直に返事をしたが、正直、今回のようなすでに決裁の済んだ案件のために、「西根さま」がわざわざ足を運ばれるなど、信じられないことだった。

「西根さま、なれば私もお供に……」

　そう言ってあわてて立ち上がったのは、表台所頭の増山である。

「いや、よい。坪塚のもとには目付方《こちら》で参ろう。そなたはここで引き続き、お役目に励め」

西根は顎《あご》で忙しそうな厨房を指すと、「いや、ですが……」とまだ納得していない増山を無視するように残して、さっさと台所を後にするのだった。

七

神田明神の東側の裏手にあたる御台所町は、今からおよそ百年も前に幕府によって造成された町である。

明暦《めいれき》三年（一六五七）に起こった「明暦の大火」と呼ばれる大火事で、江戸市中の六割ほどが灰となり、十万人あまりが犠牲となってしまった後、幕府は江戸を火事に強い町に造り直すべく、さまざまに工夫して町割を考えた。

そうしてできた町の一つが、城勤めの台所方や賄方の拝領屋敷ばかりを集めた、神田明神下の御台所町であった。

その御台所町の中ほどに坪塚巾太夫の屋敷はあった。中ほどであるから、右の屋敷も左の屋敷も、通りを渡った向かいの屋敷も、台所方や賄方に勤める者たちの拝領屋敷である。

御台所町に着いた西根たちが、その中ほどに差しかかると、先日は人っ子一人おらずに静かだった武家屋敷の通りに、何やら人がいっぱい出ていて、騒いでいた。

「何ぞあったのでございましょうか？」

馬上の西根の横に追随して歩いていた高木が、西根を仰いで言ってきた。

「こちらでお待ちくださいい、西根さま。ちと先に見てまいりまする」

「うむ」

高木が西根の返事を受けて、そちらに向かおうとした時である。

「あっ、御目付さま！」

通りに幾人か集まったなかから、一人がこちらへと駆け出してきて、よく見れば、坪塚家の中間・岬蔵であった。

「どうした？　何ぞあったのか？」

駆け寄りながら高木が訊くと、岬蔵は、もう息を切らしてうなずきながら、必死の形相で言ってきた。

「な、中脇の、洋二郎さまのお母上が、小太刀で暴れて……！」

「なにっ！」

岬蔵の声を馬上からとらえると、西根は岬蔵も高木も後にして馬を走らせ、急ぎ坪塚家の屋敷の門に駆け入るのだった。

はたして、来訪の声かけもせずに西根が屋敷のなかへ踏み込んでいくと、玄関先にも廊下にも、この辺りの住人と見える幾人かの幕臣や中間たちが、そこここに集まっていた。

「あ、西根さま！」

西根も顔見知りの表台所人の一人が駆け寄ってきて、状況の説明をし始めた。

「先日の、くだんのお相手の母親が、どうもいきなり座敷におられた坪塚さまのところに、庭から斬りかかってまいりましたようで……」

「して、坪塚は？」

「組頭でございましたら、大丈夫にございまする」

中脇家の母親は、「洋二郎の仇《かたき》ッ！　覚悟！」と、庭から草履《ぞうり》のまま駆け入ってきたそうだが、とにかく女一人のことで、巾太夫の側は男が二人いるものだから、難なく取り押さえることができたらしい。

つまりは誰も、怪我の一つもしなかったそうで、西根はいっさい顔にも口にも出さなかったが、内心でホッとした。

完全なる未遂で終わっているならば、大事《おおごと》にせずとも済むかもしれないのだ。

「坪塚や、中脇の妻女はどこにいる？」

西根が訊いていると、やっと追いついてきた岬蔵が高木とともに現れて、

「それならば、私が……」

と、西根や高木を案内して、座敷の一つに連れてきた。

「西根さま」

その座敷の真ん中で、畳に手をついて西根に頭を下げてきたのは、坪塚巾太夫である。

「またもお騒がせをいたしまして、申し訳ございません」

たぶん廊下で他の者たちと話した声が、ここにも聞こえていたのだろう。巾太夫は突然の目付方の来訪に驚くばかりか、ここに西根たちが入ってくるのを待っていたようだった。

「あらかたの経緯《いきさつ》は聞いたが……」

そう巾太夫に答えてやりながらも、実際、西根が足を向けて近づいているのは、座敷の隅で捕らえられている、洋二郎の母親らしき女のほうだった。

見たところ五十半ばというところで、以前、中脇家の隠居から聞いた「妻は三十を

過ぎてから、末子の洋二郎を産んだ」という、あの話とも一致する。

誰がやったか、女は男物の細帯で縛られていて、縛っているのが荒縄ではなく帯だというところに、御家人身分のこの近所の者たちが、旗本家の妻女に気を遣った様子が見て取れた。

両腕ごと上半身だけを縛られて、女は横座りになっている。

その女の前に片膝をついて、視線の高さを合わせると、西根は名乗った。

「目付の西根五十五郎にござる。中脇源右衛門どののご妻女でござるな？　名は何と申される？」

「…………」

女は一瞬ぎろりと睨んでから、ぷいっと顔をそむけたが、その反抗的な態度のまま、一応、目付方には名乗ることにしたようだった。

「……園江《そのえ》にございます」

女はひどくぶっきら棒であったが、西根はどうやら少しも腹は立たないようで、

「さようでござるか」

と、かえって園江に優しくうなずいてやっている。そうして、やおら園江の後ろ側にまわると、縛っている帯の結びに手をかけた。

「巻かれていては、満足に話もできまい。これよりは目付の拙者が話を聞くゆえ、まずは暴れずにいてくれような？」

手をかけたまま訊いてきた目付の穏やかな物腰に、園江も何だか拍子抜けしたらしい。我知らず、少しく素直になっているようだった。

「小太刀も取り上げられてしまいましたゆえ、どうで洋二郎の仇討《あだう》ちは果たせませぬ。御目付さまの仰《おお》せの通り、おとなしくいたしましょう」

園江は五十を過ぎた大年増らしく、だいぶ偉そうに恩に着せてきたが、それでも西根に縛りつけを解いてもらって、落ち着いたようだった。

その中脇園江に、念のため張り付こうとして寄ってきた徒目付の高木に、「構わぬ」と首を横に振って見せると、西根は後を続けてこう命じた。

「人払いを頼む。まったくの三人きりで、忌憚《きたん》なく話がしたい。悪いが、そなたも岬蔵も、皆とともに屋敷の外にて待っていてくれ」

「はっ。なれば、ただちに人払いを……」

言うが早いか高木与一郎は、主人が心配でこの場にいたそうな岬蔵や、組頭の巾太夫を慕う近所の者たちを次々と取りまとめて、屋敷の門外へと退いていった。

「さて、これでようやく話せるな」

誰に言うともなく、西根はそう口にすると、巾太夫とも園江とも目を合わせない形のまま、一人で喋り始めた。

「ちと知己《ちき》の、古手《ふるて》の話をしようと思う。『何を、いきなり……』と不満のほどもあろうが、そこをしばらく文句を言わず、聞いていてくれ」

「………？」

突然の目付の言葉に、園江は目を丸くして、巾太夫は「はい」とうなずいた。

その二人の様子を満足げに確かめると、西根五十五郎は、問わず語りに話し始めるのだった。

八

「古い話だ。その知己がまだ二十四の、婿入りを済ませたばかりの頃の話で、家付きの一人娘だった妻は、いまだ十七であった。秋口に祝言を済ませて、冬が過ぎ、春になり、あれは妙に花冷えのする日であったが……」

当時、その知己は平の書院番士を務めており、自分が婿入りしたからには、この家をさらに興隆させたいと、先の出世を目指してお役目一途に頑張っていたという。

そんなある日のことである。

本丸御殿警固の当番を終えて、その男が自分の屋敷に戻ってくると、いつもなら屋敷の若党らとともに主人を迎えに玄関先まで出てくる妻が、現れない。

どこぞ具合でも悪くして寝付いているのでは、と心配になった男が、急ぎ屋敷の奥にある夫婦の居間に向かうと、どうした訳か閉じた襖のなかから、かすかに啜り泣きの声が聞こえてきた。

「どうした？　茅乃《かやの》！」

妻の名を呼びながら、男が焦って襖を開けると、幼い頃から妻の世話をし続けている女中頭が、バッと背中に何かを庇って、男の視線から隠すようにした。

隠されているのは妻である。

そうして、おそらく啜り泣いていたのは、女中頭のようだった。

「どうした？　何があった？」

部屋中にこもった陰惨で不吉な雰囲気に気圧《けお》されるようになりながらも、男が妻のほうに近づいていくと、「殿。どうか……！」と、涙で顔を汚した女中頭が、まだ背中に隠してくる。

するとその女中頭の後ろから、十七の妻がにじり出るように自ら男の前に現れて、やおら畳に手をついて、言ってきた。

「どうか、御手討ちにしてくださりませ。私はもう、殿のお側《そば》でお仕えはできませぬ。短い間ではございましたが、私はとても愉《たの》しゅうございました。こんな形で最期には、お怒りを買わねばならぬ次第となりましたけれど、殿にこうして我が家に来ていただいて、本当に嬉しゅうございました。私のあとに、どうぞ後添えのお方をお召しになられて、これまで通りこの家をお引き立てくださりませ」

妻はそう言い切ると、いかにもここを斬ってくれと言わんばかりに、白く細い首筋を、夫のほうに晒《さら》してくる。

目をつむり、口元は固く引き結んでいたが、その唇がいかにも殴られたように歪《いびつ》に腫れ上がり、頬や鼻先や額なども、あちこち痣《あざ》と傷だらけで血が滲んでいるのが暗がりのなかでも見て取れて、男は「くっ」と胸の詰まりに息を呑んだ。

「…………！」

もう、名も呼ばずに、男は妻の華奢《きゃしゃ》な肩と頭を抱き寄せたが、妻の後頭部を抱いた手の指にも、ぬめっと血がついてくる。

驚いて、男は自分の懐から懐紙《かいし》を出すと、あわてて妻の頭の傷にあてがった。

「医者を呼べ！　頭から血が流れておるではないか！」

「は、はい！　ただいま……」

主人に言われて、女中頭は急いで医者を呼びに行こうとしたが、その女中頭を止めて、妻が小さく叫んだ。

「駄目！　呼んだら舌を噛みます。呼ばないで」

「……奥方さま……」

女中頭はまたさめざめと泣き始めたが、その女中頭をとめてまだ腕をつかんでいる妻の指の爪が、気がつけば、いかにも誰かを酷く引っ掻いたように血で染まっていた。

男はその妻の指を手に取ると、優しく握り締めた。

「よう戦ったではないか。偉いぞ。それでこそ、武家の嫁だ」

その時、男は、血や皮のこびりついた妻の白く細い指が、愛《いと》おしくてならなかったのである。

九

「それで、その、ご妻女さまは……？」

すっかり話に聞き入っていた中脇の園江が、おずおずと西根に訊いてきた。

その園江に答えて、西根も穏やかにうなずいている。

「幸い、頭の傷は大したものではなくてな、他の怪我や痣なども、まだ十七と若かったせいか、きれいさっぱり消えたようだ」

「それはようございました……」

園江は本心からそう言って、目を伏せている。

すると一方、今まで黙って聞いていた巾太夫が、横手から西根に錐《きり》を刺し込むように、はっきりと訊いてきた。

「そのご妻女に、『押して不義《ふぎ》（強姦）』を働こうとしたのは、どこの誰でございましたので？」

「………」

西根は一瞬、口を引き結んで嫌な顔をしたが、すぐにまた余裕を取り戻して、こう答えた。

「雇って、まだ半年と経たない中間だ」

「『中間』にございますか？」

険しい顔になった巾太夫に、「うむ」と、西根はうなずいて見せた。

「その日は隠居の両親《ふたおや》が、女中や若党らを引き連れて花見に出かけておったゆえ、かねてより妻に横恋慕していた中間が、人気《ひとけ》のない奥座敷に忍び込んできたらしい。『危ういところを助けた』と女中頭はさかんに繰り返しておったが、真相は判らぬ。中間は逃げて捕まらなんだし、知己も訊かずにいるらしい」

「さようにございましたか……」

まるで我が事のように巾太夫が暗い顔でうつむいたのを見て、西根は（よし！）と、内心で手を打っていた。

こうでなければ、本当は思い出したくもないこんな話を、わざわざ口にした甲斐がない。密通した妻と洋二郎を斬り捨ててしまったことで、おそらくは、よけいに自分自身の心の落としどころがつかめなくなってしまい、泣くことも、怒《いか》ることも、後悔することもできなくなっているのであろう巾太夫を、ほんのわずかでも楽にしてやれればと西根はそう願って、古い話を持ち出してきたのである。

こうして苦しんで悶《もだ》えているのは、あながち自分だけではないのだと、巾太夫が気づいてくれれば、それでいい。

一時期、西根は、何の問題も災難もなくただ仲良く暮らしている夫婦を見かけると、自分とは何の関わりもないというのに、腹が立って、羨ましくて、憎かった。そうして、いわばその腹いせに、わざと嫌味を言って毒づいてみたり、皮肉な物言いをしたりして、とうとうそれが癖になってしまったほどである。

そのどろどろとした逃げようのない感情に、存外長く苦しめられていたものだから、自分から「御役御免」を願い出て、飯も満足に喰わずにいるという巾太夫を、そのままに放っておけなかったのだ。

「まあ、さような話も、世間にはあるということだ。皆、存外、こうしたことはままあっても、隠しておるだけかもしれぬぞ」

「…………」

一体、何を考えているものか、巾太夫は虚空を真っ直ぐに見つめて口を閉じ、園江のほうは居たたまれない顔をして、深くうつむいている。

すると、そんな園江にやおら向き直って、巾太夫は平伏した。

「真実《まこと》のところを申し上げます。私は、千夜を後妻にもらいます時には、千夜が洋二郎どのとどういった関わりにあるものか、すでに聞き知っておりました」

「え……？」

目を上げたところを見ると、園江は洋二郎と千夜がどれほど世間の噂になっていたのか、本当の意味では判っていなかったのかもしれない。

そんな園江と巾太夫の様子を、西根はしばらく眺めていたが、どうやら二人はそれきりで、話の先を続けるつもりはないようである。

重くて堅い巾太夫の口がようやく開きかけたというのに、このままでは再びピタリと貝のごとくに閉じかねず、横手から、西根は急いで合いの手を入れた。

「さようであろうな。だが、そなた、何ゆえ縁談を承知したのだ？　そなたの母方の従兄どのなんぞは、千夜どのを『札付き』と称して憚《はばか》らなかったではないか。やはり昔、世話になった坪塚の本家に、遠慮をしてのことか？」

「はい」

はっきりと返事をすると、巾太夫は、今度は西根に向き直ってきた。

「多次郎が何と申し上げたか判りませぬが、本家の伯父には、まことと一生かかりましても返せる当てのないほどに、世話してもらいましたので……」

九年前、巾太夫の先妻が病の床に就いていた時、先妻の腹には子が宿っていたという。巾太夫が三十二歳、先妻が二十九歳の頃である。

先妻が坪塚の家に嫁いできたのは十六の歳《とし》だから、都合、十三年も子ができずにいた訳で、身籠《みごも》ったと判った時には夫婦して大喜びしたという。

だが実際、華奢で体力もあまりなかった先妻には、身籠ったこと自体が身体の負担になっていたのかもしれない。熱を出して寝込むことが多くなり、妊娠が判って半年も経った頃には、厠《かわや》に行くにも誰か人の肩を借りねば歩けないほどになっていた。

だがその頃、巾太夫はまだ役高・四十俵の平の表台所人に過ぎず、良い医者や高価な薬などには手が届かなかった。そんな巾太夫を見かねて、亡き父の代わりにさまざま面倒を見てくれたのが、本家の伯父だったのである。

巾太夫にはもはや女中を雇う金などなかったゆえ、先妻の介護のための女中も貸し出してくれたし、医者代や薬代も、皆、伯父が立て替えてくれていた。

一度などは城中の上役の誰かに頭を下げてくれたらしく、「相場より随分《ずいぶん》安く譲ってもらったから、気にするな。とにかく今は女房と腹の子を守れ」と言って、高価な人参《にんじん》（朝鮮人参）まで持たせてくれたのである。

「伯父は元来、気が好くて、困っている者を目にすると放っておけなくなるのでございましょう。損得の勘定があって世話する訳ではございません。甥《おい》の私にいたしましても、千夜の父親にいたしましても、自分より下役で、何の益もございませんから」

「さようだな……」

こうして改めてじっくりと話を聞けば、たしかに巾太夫が本家の伯父の顔を立て、『札付き』の千夜を後妻に迎える決心をしたのも、まあ判る。

「したが、そうして割り切ってもらったはずが、ともに暮らして日が経つうちに、情が移ったということか……」

西根がズバリそう言って先読みをすると、だが巾太夫は「いや、それが……」と、伏せ目がちに考え込んだようだった。

「自分でも、よう判らぬのでございまして……」

世話になっている伯父のためと、巾太夫は相応の覚悟を持って後妻を迎え入れた訳だが、いざ嫁にもらってみると千夜は素直でおとなしい子供のような性格で、不思議に邪魔にならない女であった。

巾太夫は少しずつだが伯父に借金を返し続けているから、むろん贅沢はできない。女中も岬蔵の孫である十四歳の小女《こおんな》だけなので、当主の妻である千夜自らがあれやこれやと家事をこなさなければならなかったが、文句も言わずに働いて、一通り、何でもできるようだった。

無口ゆえ誰かが話しかけなければ、ほとんど喋りはしなかったが、だからといって無愛想《ぶあいそう》という訳でもなく、家のなかで何か可笑《おか》しいことなどあれば、女中と二人で顔を見合わせて愉しげに笑っていた。

そんな千夜との生活に巾太夫も次第に慣れてきて、まだ腫れ物に触るような風ではあるが、十九も歳の離れた千夜を妻として扱えるようになってきた頃のことだった。

「ご新造《しんぞう》さまが朝方お出かけになったきり、まだお戻りがないんです……」

城勤めから帰ってきた巾太夫に、十四歳の女中のお妙が、泣きそうな顔で報告してきたという。

巾太夫が城に勤めに出ている時は、中間の岬蔵というのを槍持ちにして供に連れていってしまうから、屋敷のなかは千夜とお妙の女二人だけになる。

その千夜が「買い物は私が行ってくるから、お妙ちゃんは洗濯をお願いね」とそう言って、朝四ツ（午前九時半頃）前に家を出たきり、とうに日が落ちた今になっても、いっこう戻ってこないというのだ。

「あの時、お妙と岬蔵は『千夜に何かあったのではないか』と青うなっておりましたが、三人で心当たりの八百屋だの味噌屋だのと探してまわりながらも、『おそらく千夜は、洋二郎どののもとに戻ったに違いない』と、私自身はすっかりあきらめておりましたので……」

自分と同様、半ば『駆け落ち』ではないかと疑い始めた岬蔵に、「千夜さまのご実家に参りましょう。私もお供いたします」と幾度も幾度も勧められたが、当時の巾太夫には、そこまでの焦りも心配も、怒りも出なかったのである。

「幼い子供ではなし、川にはまって溺れたなどということもあるまい。どうで、男のもとに走ったのであろう。ここで騒げば仲立ちの伯父の顔に泥を塗ることになると、そんな風に考えまして、千夜がおらぬのを隠すことにいたしました」

近所には「身体を壊して寝ついている」とそう言って、まずはしばらく様子を見ようと岬蔵を説得し、千夜の実家にも本家の伯父にも報せずに、そのままに放っておいたのである。

「今にして思えば、おかしなことをいたしたものだと、そう思っております る。何にせよ、妻にした女がいなくなっても探さぬなどと、こちらもまこと冷血なことでございまして……。ただそうして半年ほどが経ちました頃に、千夜がふらりと戻ってまいりましたので」

「戻った？　いつのことだ？」

「去年の秋口のことでございます。まるで花見か紅葉狩りにでも出かけた後のように、お妙に飴《あめ》だ、煎餅《せんべい》だと、土産《みやげ》を持ってまいりました」

「さようであったか……」

そう言って、西根は陰鬱にため息をついた。

他人事《ひとごと》ながら、これは酷い話である。千夜が勝手に戻ってきたのが去年なら、おそ

らくそれは洋二郎に養子縁組の話が持ち上がっていたからで、千夜の存在が邪魔にな
った洋二郎が、千夜に「帰れ」と命じたに違いないのだ。

「して、その時は、どんな様子であったのだ？」

「千夜でございますか？　それとも私のほうで……？」

改めてそう訊ねてきた巾太夫の口調に、少しだけささくれ立った何かが見えた。

西根は「ここぞ」とばかりに、更に突っついてこう言った。

「むろん双方、話してはもらうが、まずはご妻女についてだ。どうだ？　やはり悪び
れた様子もなかったか？」

「はい。それはもう物の見事に、ございませんでした」

いささか投げやりにうなずくと、巾太夫は先を続けた。

「城の勤めから帰宅してまいりましたら、すでに戻っておったのでございますが、お
妙とともに夕飯をこしらえておりまして、いつものように頭を下げて『お帰りなさい
ませ』と、そう申しましたので」

「して、そなたはどうしたのだ？　叱ったか？」

「いえ……」

と、巾太夫は苦笑いを見せてきたが、西根の目には、それは少しく卑屈に見えた。

「どうも、あまりに何ということもない顔で飯の支度をしておりましたもので、気が削がれてしまいまして……。たぶんもう、呆れていたからかと存じまするが」

「…………」

聞いて、西根は、完全に不機嫌になった。

「なぜ叱らぬ？　叱れ。そんなことをされても黙ったままでおるから、いいように利用されるのだ」

「…………」

と、今度はどうやら巾太夫のほうが、ムッとしたようだった。

「千夜《あれ》はそこらの野良犬や野良猫と、何ら変わりはござりませぬ。腹が減ったり、寝床に困ったりした時にだけ、ああしてふらりと戻ってくるというだけで……」

「ほう、『野良犬』に『野良猫』はよかったな」

「…………」

明らかに嫌味な風で西根に言われて、巾太夫は悔しげに口を引き結んでいる。

これまでの淡々とした様子とは打って変わった巾太夫に、西根は、もう一押しと、更にズバッとこう言った。

「なれば、何ゆえ密通に腹を立てた？　後妻どのの密通癖《ぐせ》など、もらう前から知れておったことではないか。いなくなったり戻ったり、いいようにコケにされても叱りもせずに、さんざん好きにさせておいて、何でまたあの時ばかり、刀で斬って捨てるほどに激怒したのだ？　犬だ猫だと思うていても、やはり自分の眼前で密通されて、我慢がならなくなったのか？」

「……………！」

見れば、巾太夫はギリギリと口元を歪ませて、本気で腹を立てているらしい。

密通を見たあの時のように、いつ何時、刀に手をかけてきてもおかしくないような緊張のなか、それでも西根はまだ眼前で苦しんでいる、在りし日の自分のようなこの男に、出口を見つけてやりたかった。

「どうだ、坪塚。よう考えてみよ。おそらく、そなたは悔しゅうても我慢して、耐えて、耐えて、耐え過ぎたのだ。密通の妻に怒《いか》るに、何の遠慮がある？　本家に世話になったから何だ？　先妻や腹の子のことまでいまだに背負《しょ》って、そうして自分を責め続けておるから、何が何やら判らなくなってしまうのだ。先妻や本家のことと『密通』は、別だ。いい加減、切り離せ！」

「…………」

見れば、巾太夫はうつむいて、ぎゅっと両目をつぶっている。その巾太夫が哀れでたまらず、西根は自分でも思わぬほどに、優しい声を出していた。

「よしんば、それが妻への執着《しゅうじゃく》であろうが、男としての意地であろうが、構わぬではないか。何の経緯《いきさつ》があろうとも、そなたの妻が密通したのは確かだぞ。夫のそなたがそれに怒《いか》るは、当然のことだ」

「……御目付さま……」

そう言ったきり、巾太夫は顔を押さえて泣き出した。嗚咽《おえつ》などという生易しいものではない。まるでもう、自分が一人いるだけの空間で泣くように、巾太夫は畳に手をついて、どうしようもなく身を捩《よじ》って泣き続けていた。

「まこと、倅《せがれ》が申し訳も……」

搾《しぼ》り出すようにそう言ってきたのは、洋二郎の母の園江である。

千夜とは「腐れ縁」であった自分の次男が、養子の話がある時には千夜を邪魔にして遠ざけておいて、縁組が破談になれば、またも自分勝手に千夜を求めて、平気で嫁入り先にまで上がり込むような男であるのは、本当は園江にも判っているのだ。

園江も泣いているのであろう。巾太夫に向けて土下座《どげざ》したその背中が、よく見れば、震えている。

その巾太夫や園江の背中を、ほっとして見下ろしながらも、西根五十五郎の脳裏には、別のものが浮かんでいた。

妻の『茅乃』である。

もう子供も三人も産み終えて、十七の華奢な時代が思い出せぬほどに肥えてきた自分の妻を思い出して、西根はにやりとするのだった。

表台所方の厨房に、坪塚巾太夫が再び姿を現したのは、翌日のことである。

今は禁止の包丁も、いずれそう遠からぬうちに、巾太夫が持って歩いても誰も気にしなくなるだろう。そうして時間《とき》が結構なものまでをも、平気で昔に流していってくれることを、西根はよく知っていた。

第三話　水難

一

今月が月番の『北町奉行』依田和泉守政次《よだいずみのかみまさつぐ》から、目付方に向けて会談の依頼が入ってきたのは、十左衛門が大火傷《やけど》から復帰して、間もなくのことであった。

「もしご都合がつくのであれば、ご筆頭の妹尾どのと相対で話がしたい。内密な話ゆえ、城内ではなく北町奉行所内で会談いたしたく存ずるが、いかがでござろうか」

と、表坊主が届けてきた文には、そう書かれていた。

江戸市中における行政・司法・警察など、町政の全般を担っている『町奉行方』は、北町奉行所と南町奉行所との二手に分かれて、月交替で当番と非番を交替している。

今月は『北』が当番で、江戸城の大手門からも遠くない常盤橋《ときわばし》の前にある北町奉行所では、町人が訴訟の申し込み等でいつ駆け込んできてもいいように、表門を大きく開放していた。

その北町奉行所に、今朝早く二人連れの町人がやってきて、「お武家さまの落とし物にございまして……」と書状を届けてきたそうで、その内容について十左衛門と内々に話がしたいとのことだった。

はたして十左衛門が供《とも》の配下を奉行所の外に残して単身で訪ねていくと、北町奉行所の門番たちは、すでに十左衛門の来訪の予定を知らされていたらしく、すぐに依田和泉守の待つ奥手の座敷に通された。

「いや妹尾どの、病み上がりのところ相済まぬが、ちと面倒な代物《しろもの》でござってな」

当年とって六十五歳の依田和泉守は、町奉行の職に就いて十四年もの古参であり、目付となって二十余年が経つ十左衛門とは旧知の間柄である。

その和泉守が文箱のなかから取り出してきたのは、いかにも大事そうに油紙《あぶらがみ》に包まれたものだった。

「今朝方、これを届けてまいったのは、深川佐賀町《ふかがわさがちよう》の船宿《ふなやど》の主人《あるじ》と船頭であったそうでな……」

三日前の晩のこと、その船頭が仕事の途中、舟で仙台堀《せんだいぼり》を通りかかると、後ろからドボン、ドボンと大きな水音が聞こえてきて、見れば、堀川の中ほどで人影が二つ、溺れかけているようだった。

あわてて舟を漕ぎ寄せてみると、二人とも武士である。岸には二人を案じて騒いでいる者たちもいて、船頭は溺れている二人を助けて舟の上に引き揚げて、連れの者たちのいる川岸まで送り届けてやったという。

「そのあと船宿まで戻ってきて、仕事終《じま》いに舟の片付けをしていたところ、この書状が落ちているのを見つけたらしい」

落とした主がさっきの二人であることは、明らかだった。油紙に包まれてはいたものの、水浸しだったからである。

油紙を開いてみると、なかにはやはり折り畳まれた文のようなものが入っていて、ぐっしょりと水を吸っている。

下手《へた》に開けば破れてしまいそうで、船頭はそのまま自分の長屋に持ち帰って、板の間《ま》に置いておき、だいぶ乾いて紙がしっかりしてきたところで、中身《なか》を見ようと書状を開いてみたという。

そもそも和紙《かみ》は、驚くほど水には強い。

たとえば商家では火事の際、燃えては困る大福帳《だいふくちょう》など、数が多くて持ち出せない場合には井戸に投げ込んでおくほどで、一度は水を吸い込んでやわらかくなってしまっても、和紙は乾けば、また硬く締まってくるのだ。

おまけに墨で書かれている文字は、水に濡れて滲《にじ》んでも、文字の線は薄いながらも残るため、何が書かれていたのか読むこともできる。

そんな訳で、武士たちが落としていった書状も読むことができたのだが、興味本位に軽い気持ちで読み始めた船頭は、その内容のあまりの重大さに、一気に震えがきたということだった。

「これでござる」

もうすっかり乾いている油紙を外《はず》して、なかの書状だけを差し出してきた依田和泉守から、

「なれば、拝見いたします」

と、受け取って読み始め、十左衛門も驚いて息を呑んだ。

「いや、これは……」

書状は、常陸下館藩《ひたちしもだて》から幕府にあてた嘆願書であった。

下館藩の現藩主である石川若狭守《いしかわわかさのかみ》総候《ふさとき》が、病にて床《とこ》に就いているため長旅はできず、今年の参勤交代を免除していただきたいという、参勤免除の嘆願である。

だが気を落ち着けてよく見れば、嘆願書の日付は三年も前になっており、嘆願の当人である若狭守の署名にも、本来ならあるはずの花押《かおう》が記されていなかった。

つまりこの嘆願書は、正式なものではなく、むろん幕府に出されたものでもないということである。

「下館藩内で書かれた、『下書き』のごときものでございましょうか？」

考えて十左衛門が推論すると、

「うむ……」

と、和泉守もうなずいた。

諸藩から幕府に向けて出されるこうした書状のほとんどは、藩主が自家の家臣に命じて仕立てさせたもので、藩主自ら筆を取って書く訳ではないのが実情である。

たとえば逆に幕府側の、老中や若年寄から出されるさまざまな書状もそうなのだが、実際に書くのは老中や若年寄ら当人ではなく、右筆方の者たちなのである。

右筆方は、その書状の内容に見合った文章を考えて、まずは下書きを制作し、それを老中や若年寄ら発布の当人にお見せして、「これでよかろう」ということになれば、改めて清書の書状を制作した。

老中や若年寄ら上《うえ》つ方《かた》のお歴々は、その書状の最後に署名して、花押を残すだけなのである。

これとほぼ同様のことが諸藩においても行われているはずで、その書状を作る過程の『下書き』が、何かの理由で持ち歩かれていたのかもしれなかった。

「これより先の嘆願書ではなく、三年も前というのが何とも解《げ》せませぬが、やはり下館藩のご藩邸《はんてい》にお返しいたしますのが、よろしいのではございませんかと……」

町奉行の和泉守が、何ゆえわざわざ目付の自分を呼んだのかは不思議であったが、この落とし物の処置を考えるなら、下館藩の上屋敷あたりにあたってみるのが、まずは妥当なところであろう。

だがやはり和泉守が、目付筆頭の十左衛門をと指名してきたのには、相応の理由があったのである。

「したが妹尾どの、拾うた船頭が申すには、溺れていたのは二人とも『旗本』であろうというのだ」

「旗本、にございますか？」

話の意外な展開に十左衛門が驚いていると、

「そこよ」

と、和泉守は、前で一膝、乗り出してきた。

「いやまこと、そこが何とも判じように困るのでござるがな……」

　船頭の話では、いざ溺れていたのを引き揚げてみたら、二人とも裃《かみしも》をつけた武士であり、おまけに舟で岸まで送り届けてやったら、岸で騒いでいた五、六人の者たちが、「殿!」「殿!」と口々に言って駆け寄ってきて、「ご無事でよろしゅうございました」と、あわてて介抱していたというのだ。

「いや、さようにございましたか……」

　江戸市中において、武士が裃を身につけていて、自分の供に「殿」と呼ばれていたならば、それはほぼ間違いなく大名家か旗本家の当主ということになる。

　幕臣のなかでも御目見え以下の御家人身分の家ならば、当主は「殿」とは呼ばれずに、「日那さま」と呼ばれるのが普通である。

　また幕臣以外の浪人や、大名家家臣の者ならば、服装は『羽織袴《はおりはかま》』か『着流《きなが》し』といったところで、城勤めの幕臣ではあるまいし、市中で裃などつけているとは思えなかった。

「岸に家臣が五、六人おったということは、二人の『殿』それぞれに、都合《つごう》、家臣は二、三人というところ……。おそらくは、二百石か三百石程度の旗本でございましょうな」

十左衛門が推論すると、

「さよう」

と、和泉守もうなずいた。

「けだし妹尾どの、ちと面妖《めんよう》なことには『礼』と称した『口止め』に、両家がともに五両ずつ、船頭に渡しておるのさ」

「えっ、五両にございますか？」

「うむ。礼を言ったその後に、『今宵のことは他言無用に願いたい』と加えてな、紙に包んだ五両を、両家の家臣がそれぞれに押し付けてまいったらしい」

船頭が言うには、岸にいた者たちのなかに、明らかに中間《ちゅうげん》ではない、旗本家の用人か若党と見える侍《さむらい》身分の者が二人いて、それぞれが懐《ふところ》から紙に包んだ五両を取り出して、遠慮する船頭に押し付けてきたというのだ。

「二、三人の供しか連れてはおらぬような武家が、五両をポンと、それも両家揃って出せるというのが、どうにも気に入らんのだ」

「さようにございますな……」

一端《いっぱし》の武士が泳げずに溺れたとあっては恥だから、町人相手に、金で口止めしたくなるのは判らないでもないのだが、その額が「両家揃って、五両ずつ」というのが、どうにも胡散臭《うさんくさ》い。

「和泉守さま」

十左衛門は、やおら居住まいを正すと、北町奉行・依田和泉守に向かって、改めて平伏した。

「こたびはご一報をいただきまして、まことにもって有難うございました。その船頭が申すのが事実《まこと》であれば、二人は『幕臣の旗本』と見て間違いございますまい。けだし書状に下館藩の名がございますゆえ、引き続き、目立たぬように相調べてまいりまする」

「うむ。それがよろしかろう。また何ぞ判ったら、こちらにも報せてくれ」

「ははっ」

十四年を越えても、いまだ町奉行を任され続けている和泉守は、武家社会の都合や建前《たてまえ》も、町人たちの意地や本音も、すべて抱えて何とかしようとしてくれる器の大きい人物である。

下館藩と名があっても、「これはやはり、落とした旗本から調べたほうがいいだろう」と、大名家を管理する大目付方ではなく、旗本を監察する目付方に声をかけてきてくれたのだろう。

その和泉守の厚意に改めて感じ入りながら、十左衛門は北町奉行所を後にするのだった。

二

くだんの船頭がいるという深川佐賀町の船宿『与志川《よしかわ》』は、大川《おおかわ》（隅田川）に架かる永代橋《えいたいばし》のたもとにあった。

佐賀町の大川沿いには船宿が何軒も建ち並んでいるが、そのなかでも『与志川』は、なかなかに舟数も多い大きな船宿である。

今回の案件については、病み上がりの十左衛門を案じて、義弟で徒目付組頭の橘《たちばな》斗三郎《とさぶろう》が十左衛門の補佐を買って出て、今も数人の配下とともに十左衛門の供をして『与志川』を訪れていた。

十左衛門ら一行の前には、五十がらみと見える船宿『与志川』の主人と、くだんの船頭が座っている。「房吉《ふさきち》」と名乗るこの船頭は二十八歳だそうで、十五の歳から見習いを始めて十三年、舟の扱いにかけては与志川のなかでは一、二を争うほどの腕前だそうだった。

「何しろ『猪牙《ちょき》』は舟身《み》が細うございますので、人を舟縁《へり》から引き揚げようったって、まともにやれば舟ごとひっくり返《けえ》ってしまいます。荷船ならいざ知らず、猪牙で人助けをするなんざァ、誰でもできるってもんじゃございませんので……」

房吉を自慢して話しているのは、与志川の主人の善三《よしぞう》である。

善三が「猪牙」と呼んだのは、『猪牙舟』と呼ばれる乗用専門の舟のことで、陸でいえば早駕籠《はやかご》のようなものだった。猪の牙のように細身に長く造られているため、水の抵抗をあまり受けずに川面《かわも》を滑るように走らせることができる。

人を助けたあの晩は、深川の木場に客を降ろして『与志川』に戻るところで、仙台堀を木場から大川へ向けて、猪牙舟を走らせていた途中であった。

「あれはもう、あとちょいとで大川に行き当たろうってえ辺りでごぜえやした」

善三に替わって話し出したのは、房吉当人である。

「後ろでドボン、ドボンと二つばかり、嫌《や》な音がいたしやして……」

見れば、暗い川面にバチャバチャと、人影が二つ溺れかけていたという。

「たぶん横手の堀川に架かる松永橋《まつながばし》から落っこったんでごぜえやしょう。橋の真下で、岸からは随分と離れておりやした」

松永橋というのは、横手から仙台堀に流れ込んでくる細い支流の堀川《ほりかわ》に架かっている橋で、松永橋のその先は仙台堀の流れのなかになっている。

房吉が推測するに、二人はこの松永橋の上から落ちて、仙台堀の側《ほう》に流され始めていたのではないかということだった。

「して、引き揚げてみると、その者らが『旗本』だったというのだな」

十左衛門がわざと『旗本』と断じて合いの手を入れてみると、房吉は「へえ」と、何ら躊躇《ちゆうちよ》することもなく、後を続けてきた。

「裃も上下揃いのご立派なもんでごぜえやしたし、何より岸にいらしたお供衆《ともし》が、『殿』『殿』と皆さんでお呼びで、おまけにいっこう、どこの訛《なま》りもねえようでごぜえやしたんで」

「なるほどな……」

いささか感心して、十左衛門はうなずいた。やはりこうした客商売の町人たちは、客を見る目がしっかり養われているのであろう。

つまり、あの書状の持ち主は下館藩の藩士ではなく、幕臣の旗本と見て間違いないということだった。

「して、どうだ？　誰ぞ名のごときものを口にはせなんだか？」

客商売の観察眼を期待して十左衛門は訊ねてみたが、さすがにそう上手《うま》くはいかないようで、房吉は首を横に振ってきた。

「『殿』『殿』と、どちらのお供衆も、それぱかりでごぜえやして……」

「さようか……」

十左衛門が少しくがっかりしていると、前で何やら与志川の主人の善三が、房吉を突《つ》いたようだった。

「おい、房《ふさ》、あれを……」

「へえ」

房吉が返事をしながら自分の懐から出してきたのは、ごく小さな短冊《たんざく》のようなものだった。

「相すいやせん。実ァあの後、布団の下から、こんなもんが見つかりやして……」

昨日、主人の善三に付き添われ、北町奉行所に届けに行った時には気づかなかったそうなのが、どうやらあの書状と一緒に短冊のようなこの紙片も油紙に包まれていたらしく、板の間に広げて乾かしている間に離れたものか、今朝、房吉が布団を畳もうとしたら、ひらりと下から出てきたという。

「今日のうちに、また私が付き添いまして、お奉行所のほうにお届けにまいるつもりでおりましたのですが……」

横手から善三もそう言って、房吉と二人、頭を下げている。

その房吉から紙片を受け取って、十左衛門は息を飲んだ。

「…………!」

紙片に書かれていたのは、

『右近《うこん》様　右京《うきょう》様』

と、その六文字だけである。ごく簡潔に官位名の頭の文字だけがぽつりと書かれたものではあったが、これは取りも直さず、首座の老中である『松平右近将監武元《のじょうたけちか》』と、次席老中『松平右京大夫輝高《うきょうだいぶてるたか》』のことを指すのであろう。

幕府の最高官である老中二人の名を記すこの紙片が、一体、何を示しているものかは判らないが、この書状や紙片の持ち主をやはりこのまま放っておく訳にはいかないようだった。

「両人とも、よう届けてくれた。まことにもって助かったぞ」

十左衛門は明るく言うと、町人二人に向けて、膝に手をついて頭を下げた。

「せっかくもらった『礼の十両』を取り上げる次第となって、相すまぬ。目付ゆえ、金品にて礼はできぬが、勘弁してくれ」

頭を下げている「ご筆頭」に倣《なら》って、後ろで控えている斗三郎や配下の徒目付たちも、船宿の主人と船頭に向けて揃って頭を下げてくる。

「いや、御目付さま、皆さま！　どうか、おやめくださいまし！」

お城のお役人さまの、それも「めっぽう怖い」と評判の『御目付さま』方々にいきなり頭を下げられて、善三と房吉はかえってよけいに平伏している。

だが一方、十左衛門も口先だけではなく本心から、二人に頭を下げていた。

十両は、房吉が人助けをして礼にもらったものであり、本来であれば堂々と自由に使える金なのである。その大金をふいにして、わざわざ自ら足労までかけて、落とし物を届けてくれたのだ。

その船頭たちの心意気に、十左衛門は心底から感服しているのだった。

三

数日経った晩方のことである。十左衛門は新任目付の牧原佐久三郎と二人、宿直《とのい》の番を務めていた。

今はもう六ツ半（午後七時頃）を過ぎているから、城内に残っているのは宿直の者ばかりで、どこもかしこもひっそりと静かである。

それは目付部屋も同様で、今、部屋に残っているのは十左衛門と牧原のほかには、夜間の有事に対応するための徒目付と目付部屋付きの坊主とが、二階に数名いるだけだった。

日中のあわただしさが嘘のように静かで落ち着ける夜の目付部屋を利用して、十左衛門は斗三郎を呼び寄せて、くだんの書状の案件の調査について報告を受けていた。

「旗本らしき二人連れでございますが、ずいぶんと酔うていたようにござりまする」

与志川で房吉らの話を聞いた後、斗三郎は配下の者たちと手を分けて、あの晩、旗本らしき二人連れを見た者はいないか、誰かが川に落ちたところを見た者はいないかと、目撃証言を求めて松永橋の周辺を隈なく聞いてまわった。

狙いどころは、夜間に店を開けている居酒屋や飯屋などと、そうした店の常連客、あとは路上や橋のたもとで屋台店を広げている蕎麦《そば》屋の類《たぐ》いである。

二人の武士の歳格好については、すでに房吉から聞いておおよそのところは判っていて、一人はおそらく三十半ばというところ、もう片方は四十を幾つか出たくらいということだった。

ただしどちらも顔や身体つきには目立つ特徴はなかったということで、そうなれば武士が二人、数人の供を連れて歩いていたところで、誰も覚えてないのではないかと思われた。

だが、いざ斗三郎たちが手分けして聞き込みを始めてみると、これが存外、「見た」という証言が、続々と集まってきたのである。

理由は明確であった。その二人があまりにも泥酔していて、何やら急に大声を出したり、ゲラゲラと笑ってみたり、地べたに座り込んで供の者らに両脇から抱えられたりと、悪目立ちをしていたからである。

何でも二人は仙台堀沿いの通りを大川のほうに向かって、千鳥足で歩いていたらしく、その先に、くだんの松永橋があったようだった。

「実はその松永橋を渡った向こう岸から、『夜鷹《よたか》そば』の亭主が、二人が落ちた次第を見ていたそうにございまして……」

夜鷹そばというのは、担《かつ》ぎの屋台で夜間に店を出している安価な蕎麦屋のことである。松永橋の向こう岸のたもとで店を広げていたその亭主が、客のいない徒然《つれづれ》に、橋の上で騒いでいる酔っ払い二人を眺めていたら、結局、最後はもんどり打って落ちていったということだった。

「最初は一人が欄干《らんかん》にもたれかかって居眠りを始めたそうで、そのまま後ろに落ちそうなところを別の一人が起こそうとして喧嘩になり、手を振り払ったりしているうちに、勢い余ってとうとう落ちていったのだそうで……」

斗三郎らも実際に松永橋を渡って、現場を確かめてきたそうだが、なるほど大の男が背もたれにして居眠りをするには、欄干が低すぎるということだった。

「なれば結句、誰に突き落とされたという訳でもなく、深酒の末の醜態ということか」

十左衛門は、不機嫌に眉を寄せた。

広く万人の手本となるべき立場である幕臣の旗本が、路上で衆人環視のもと、そこまでの醜態を晒すとは、まことにもって嘆かわしいばかりである。目付方としては、これは当然、注意や処罰の対象で、書状の一件がなかったとしても、どのみち二人が誰なのかを突き止めて、しかるべく対処をせねばならなかった。

「ですがどうも、町場の誰に訊ねましても、ただ『見た』というばかりでございまして、実際のところ何を騒いでおりましたものか、話の中身が聞き取れた訳ではないようで……」

「さようか……」

斗三郎のいささか残念な報告に、十左衛門がため息をついていると、

「……あの、ご筆頭。新参の私ごときが僭越ではございますのですが、ちとよろしゅ

うございましょうか？」

と、横手から牧原佐久三郎が言ってきた。

牧原も宿直番で十左衛門とともに目付部屋にいたから、ここまでの斗三郎からの報告も自然一緒に耳にしていたのだが、実は十左衛門は意識して、牧原にも自分たちの話を聞かせるために、ここで報告を受けていたのである。

目付の仕事は、実際、多岐に渡っていて、常に臨機応変に自分自身で考えて対処しなければならないことばかりである。つまりはさまざま数をこなして、経験を積むより他に上達の術《すべ》はなく、それゆえ、たとえば今の斗三郎とのいわゆる捜査会議なども、できるだけ牧原に直《じか》に聞かせてやりたかったのだ。

そんな思いがあるなかで、牧原が自分からこちらの話に加わってきてくれて、十左衛門は嬉しかった。

「いや、牧原どの。何でもどんどん思うところは言うてくだされ。こうしてともに話に加わってくださるのを、実は心待ちにいたしておったのさ」

十左衛門が素直にそのままを口に出すと、牧原もはっきり嬉しそうな顔になった。

「いや実は、以前、奥右筆方におりました時分に、そうして深川のあたりで深酒をいたしました者を、幾人か叱ったことがございまして」

「おう。なれば『深川』に、何ぞかあるのでござるな?」

一膝、乗り出した十左衛門に、

「はい」

と、牧原はうなずいた。

「深川には、洲崎《すざき》の『升屋《ますや》』をはじめといたしまして、富岡八幡宮《とみおかはちまんぐう》の門前にも『松本《まつもと》』や『伊勢屋《いせや》』など、名立たる料理茶屋がございます。こうした茶屋が、どうも諸藩の『お留守居役《るすいやく》』の組合の会合に常用されておりますようで、以前、私が叱りつけました奥右筆の者らも、この組合の席に呼ばれて、ともに酒食をいただいたようでございました」

「なるほどの……」

牧原の言った『お留守居役』というのは、諸藩がそれぞれに用意している使者役の家臣のことである。

幕府や他の大名家との交渉や連絡に従事させるため、諸藩とも留守居役の家臣には江戸常駐を命じていて、何かの際に幕府から目をつけられたり、怒りを買ったりしないよう、他藩や旗本家などとも揉め事などが生じないよう、非軍事的な外交官として、諸藩の留守居役たちは江戸の市中で陰になり日向《ひなた》になり、さまざまに活躍していた。

その活躍のうち、まず一番に数えられる仕事が、情報の収集である。
上様や老中方々が幕政に対し、今は何を「良し」として、何を「問題視」している
のか、つまりは幕政の動向の時事を常につかんでおくことが必須となる。
寺社、町、勘定の三奉行や、大目付、目付といった幕府高官の人事や評判、幕府が
この先に発布しそうな奨励事《しょうれいごと》や禁令など、自藩の損得や盛衰に関わることについて
は、とにかく逸早《いちはや》く情報を手に入れなければならないため、諸藩の留守居役たちはお
互いに情報交換することができる仲間を集めて、組合を作っていた。
こうした集まりを『留守居組合』といい、その会合場所として、深川の高級な料理
茶屋が使われているということだった。
「牧原どの。ちとこの書状を見てはもらえぬか」
十左衛門は自分の脇に置かれた文箱のなかから、くだんの書状を取り出しながら、
簡潔にこの一件の経緯を説明した。
「拝見いたします」
牧原は押しいただくようにして書状を受け取ると、ご筆頭に頼ってもらえた嬉しさ
に、張りきって読み始めた。
「……え？　いや、これは……」

だが読み始めてすぐに牧原は、書状から目を離して言ってきた。

「下館藩よりのこの書状、今でもよう覚えております。奥右筆方では、当時、結構な評判になっておりました」

「評判？　では何ぞ、不都合があったのか？」

「いえ、むしろその逆で、この書状の書きようがあまりに上手《うも》うございましたゆえ、皆、感心いたしておりましたので……」

書状は今から三年も前のもので、常陸下館藩藩主・石川若狭守が、病にて床に就いているため、今年の参勤交代を免除してもらいたいという嘆願書である。

当時、四十八歳であった若狭守は、半年前に落馬して酷い怪我を負って以来、寄る年波のためか腰や背中や足の痛みが治らず、今もまだ床に就いているとのことだった。

「この身体の具合の書きようが、なかなかに秀逸なのでございまして……」

牧原が言うには、普通こうした嘆願書のほとんどは、いかにも型にはまった文章で淡々と書かれているだけで、この書状のように病の原因や病状について細かく記されているものはめったにないため、下館藩からのこの嘆願書は、病の辛《つら》さがとても肉薄したものに感じられたのだという。

「ことに、この『寄る年波のためか』という文言《もんごん》が、上手かったのでございましょう。

常であれば半月やそこらは放っておかれる嘆願でございますのに、下館藩のこの嘆願にかぎりましては、右近将監さまも右京大夫さまも『気の毒に……』と案じておられたご様子で、すぐに参勤の免除のほどが叶いましたものですから、奥右筆方でも皆で驚きまして……」

「え？　ちと待ってくれ」

牧原の話を途中で止めて、十左衛門は乗り出した。

「今たしか、『右近さま』、『右京さま』と？」

「はい……」

不思議そうな顔をしている牧原に、十左衛門は短冊のような紙片を差し出した。

『右近様　右京様』とそれだけしか書かれていない、くだんの紙片である。

「…………！」

牧原はよほどに驚いたものか、絶句している。

十左衛門は、その牧原にうなずいて見せた。

「今まさに、続けて貴殿に見てもらおうとしていたのだが、実は先ほどの書状とともに、これが包まれていたらしゅうてな」

「さようにございましたか……」

そう言うと牧原は、やおら正座をし直して、畳に両手をついてきた。

「これはもう間違いなく、奥右筆方の仕業《しわざ》にてござりまする。都合五年も組頭をいたしておりましたというのに、満足に配下の取り締まりもできませず、まことにもって申し訳も……」

過去の監督不行き届きを詫びて頭を下げると、牧原は詳しい次第を話し始めた。

この書状は「嘆願書の下書き」ではなく、おそらくは奥右筆方の誰かが「嘆願書を写し取ったもの」であろうということだった。

「幕府への嘆願は、なかなかに通らぬものも多うございますゆえ、必定《ひつじょう》こうした、いわゆる『出来のよい嘆願書の写し』は、諸藩のお留守居の方々が、こぞって欲しがるようにございまして……」

ことに参勤交代の免除や、国許《くにもと》の居城の修繕工事には、なかなか許可がもらえないのが当たり前で、三年前の下館藩のように、すんなり許可をもらうには、どういった形で嘆願書を書けばいいのか、その見本にするため、諸藩の留守居役たちが欲しがるということだった。

「この嘆願書は、たしかに見事にございました。おそらくは奥右筆方の誰かが勝手に写しを取りまして、それをどこぞの留守居組合の会合で見せたのでございましょう。

『右近様　右京様』と御名がございましたのは、四人おられるご老中のなかでも殊更《ことさら》に、あのお二方がお優しくていらっしゃるからではございませんかと……」

古《いにしえ》よりの老中方がどうであったかは判らないが、今の松平右近将監武元を首座とする老中方は、いわゆる「金《かね》」では動かない。

それというのも首座である右近将監は、寺社奉行をしていた三十代の頃に、当時、『大御所《おおごしょ》』としてまだ健在であった吉宗《よしむね》公に「老中となって、我が子・家重《いえしげ》や幕府を守ってくれ」と、その人柄や能力を買われたほどの人物である。

今も吉宗公の孫にあたる十代将軍・家治《いえはる》公をお守りするため、五十を過ぎた身体に鞭《むち》打って、年中無休の老中職を続けているのである。

幕府最高官としての自負や自覚は堅固なものであり、老中首座の自分が金になびけば、幕府全体が「金権を第一」とする歪んだ脆弱《ぜいじゃく》な構造に陥《おちい》ってしまうに違いないと判っているため、自分にはもちろん、他の老中や若年寄たちにも金に転ぶことを許さないのだ。

だがそれは諸藩にとっては、一種、やりにくいものではあった。御用部屋の上つ方に取り入って、自藩の嘆願を通したいと思っても、金品ではどうにもならないのだ。

ただ一点、今の老中方には、盲点ともいえる攻めどころがあった。

老中職に就いて二十年余の右近将監が率いる老中方は、年齢の平均値が結構高いということもあり、全体に温和で情に脆《もろ》く、こと下館藩の一件のように「寄る年波で身体が利かず……」などと言われると、一気に同情してしまうのだ。

首座の右近将監と、次席の右京大夫の二人は、ことに情に脆《もろ》いところがある。

だがむろん、こうしたことは、御用部屋の仕事を務める奥右筆や同朋《どうぼう》ら坊主たちしか知りようのない事実であった。

だからこそ今回の書状にも『右近様　右京様』と紙片が添えられていた訳で、「嘆願書を出す際には、下館藩のように情に訴える形式で書くのが上策で、頼みの筋に狙うべき人物は、存外、情に流されやすい右近さまと右京さまだ」ということを示しているのだろうというのが、御用部屋の事情に詳しい牧原の見立てであった。

「いや、さようであったか……」

十左衛門は、いささか感心にも似た驚きを感じていた。

実に、初めて耳にする話ばかりである。

二十余年、幕臣を監察する目付の職を続けていて、諸藩の大名家の事情には明るくないせいもあろうが、やはり御用部屋の老中や若年寄の秘書として内密の仕事もこなしている奥右筆方には、さまざま外部《そと》からでは窺《うかが》い知れないことも多いのだろうと思われた。

「牧原どの」

十左衛門は改めて、牧原に向き直った。

「どうか是非にもお力をお貸しくだされ。今こうしてさまざまお話を伺《うかご》うたが、正直、初めて耳にしたことばかりなのだ。こたびが一件、おそらくは牧原どののお力を借りねば、どうにもなるまい」

「ご筆頭……」

牧原の顔には、はっきりと喜色が浮かんでいた。

「私でお役に立てることなら喜んで、何でもさせていただきまする」

「よろしゅう頼む」

十左衛門も笑ってうなずくと、すぐに一膝、乗り出して相談を始めた。

「して、牧原どの。さっそくではござるが、くだんの二人を見つけるには、まずは何をいたすが上策でござろう？」

「はい。実は先ほどから、ちと考えていたのでございますが……」

もし自分の想像通り、奥右筆方の誰か二人が川に落ち、あの書状の写しを失くしたのであれば、今頃は真っ青になって、生きた心地もしないでいるに違いない。

上手くすれば、その不安や焦りが日常の勤めぶりにも表れているかもしれず、それを奥右筆方の内側から鋭く観察してくれそうな人物に、牧原は当てがあるそうだった。

「古参の奥右筆の一人で、浅沼弥五郎《あさぬまやごろう》と申す御仁《ごじん》でございます。あまり『拙者が、拙者が……』と前に出る方ではございませんゆえ、いまだ組頭にはなられておりませぬが、浅沼さまは、元は私の指南役だったお方にございます。浅沼さまなれば、お目は確かにございますゆえ、間違いはないものと……」

今晩これより浅沼に宛てて文を書いておき、宿直明けの明日、自ら浅沼の屋敷を訪ねて、届けてくるという。

「うむ。なれば、手配のほどを頼む」

「ははっ」

目付方では報告書や手配書など各種書状を書くことが多いから、紙や矢立はいつでも文机の上に用意されている。

部屋の一隅にあるその文机について、さっそく文を書き始めた牧原の横顔を、十左衛門は頼もしく見つめるのだった。

四

それから五日ほどしての後である。

朝方、表坊主が目付部屋を訪れて、くだんの浅沼弥五郎が牧原に宛てた返事の文を届けてきた。

待ちに待っていた牧原が、勇んで文を開くと、「仲間の進退に関わることゆえ、文ではなく、直に会《お》うて話をさせていただきたい。本日の六ツ半（午後七時頃）あたり、奥右筆方の皆が帰ったその後に、こちらから目付部屋を訪ねさせていただきたい」と、そうした内容であった。

急遽、十左衛門と牧原は、その夜が宿直番だった他の二人と交替して、浅沼弥五郎が訪ねてくるのを待つこととなった。

折につけ御用部屋からの使いを務める奥右筆は、目付部屋への入室を許されている数少ない役方の一つである。

ことに四十三歳の浅沼は、もう十八年ほども奥右筆の職を務めているから、目付部屋では顔の知られている男であった。

そんな浅沼が目付部屋を訪ねてきたのは、六ツ半（午後七時頃）をだいぶ過ぎた後のことで、あらかじめ人払いをしてあった目付部屋のなかは、十左衛門と牧原と浅沼弥五郎の三人だけになっていた。

「見極《みきわ》めに、存外、時間《とき》がかかりまして、申し訳ございませぬ」

浅沼はそう言うと、次にはやおら「妹尾さま」と、十左衛門だけに向き直ってきた。

「それらしき者らについて名を出します前に、是非にも妹尾さまに、お伺いいたしたきことがござりまする」

浅沼はいささか切り口上にそう言うと、目付筆頭に向けて、はっきりと訊いてきた。

「こたびの一件、あの者たちは、いかなお沙汰を受けることに相なりましょうか？」

「浅沼さま……！」

あわてて横から止めようとした牧原を、十左衛門は目で制して、浅沼に対峙《たいじ》した。

「浅沼どの。貴殿、さようなことを訊かれてどうなさる？　そも目付がそれに答えるはずがないことも、処罰の沙汰を決めるのが目付方ではないことも、貴殿であれば重々承知でござろうが」

沙汰の最終判断を下すのは御用部屋の上つ方であり、目付方は案件の真相を調べた上で、「こたびの一件につきましては、このような処罰が相当でございましょう」と、直属の上司である若年寄方に上申するに過ぎないのだ。

それは御用部屋からの使者として目付部屋にも出入りする奥右筆の浅沼であれば、今さらに言われなくとも、よく知っているはずであった。

「……まこと、さようにございましょうな」

だが浅沼は、あくまでも不満げな姿勢を崩さない。そうして、今度は牧原のほうにも目を向けると、はっきりと文句めかしてこう言った。

「なれば、なぜ私だけが、我が同僚である者たちを売らねばならぬのでございましょうか？」

「売る、とな？」

十左衛門が訊き返すと、浅沼弥五郎はうなずいた。

「見返りがございませんゆえ、『売る』というには当たらぬやもしれませぬが、あの者らの進退がどうなるものか判らぬとあっては、やはり安易に名を言う訳にはまいりませんので……」

「…………」

見れば、牧原は少しく青い顔をして、わずかに目を伏せている。その牧原を尻目に、

「相判った」

と、十左衛門は浅沼に向けて、凜《りん》として言い放った。

「なれば別段、無理をされることはない。誰ぞ他のどなたかに伺《うかご》うてもよいのだが、おそらくは浅沼どのとご同様、お心を痛められるに違いなかろう。されば、しばしの間、奥右筆方々のお勤めぶりを検視させていただけるよう、目付方《こちら》より、牧原どのの手配にて配下をつけさせていただこうと存ずる」

つまりは奥右筆方の執務室のなかに、目付方より検視の者らを常駐させて、誰が「くだんの二人」に当たるかを観察するということである。

朝から夕まで日がな一日、目付方のいるなかで仕事をしなければならないというのは、おそらく奥右筆方の者たちにとっては、考えただけでもゾッとするような状況に違いなかった。

「…………」

現に浅沼も目を伏せて、考えるような顔つきになっている。そうして眉間を険しくした表情のまま、浅沼弥五郎は、いきなり低く言い出した。

「坂田秀之進《さかたひでのしん》と、嶺岸丹右衛門《みねぎしたんえもん》の二人にございましょう。後は、どうか、目付方《そちら》にてお調べのほどを……」

言い終えると浅沼は、改めて十左衛門に向け、畳に手をついて頭を下げて、目付部屋を出て行った。

後に残されたのは、十左衛門と牧原の二人きりである。

「……申し訳ございませぬ」

と、突然、牧原が深く頭を下げてきた。

「私は心得違いをいたしておりました。やはり、いまだ私には、目付の職というものが判ってはおりませぬようで……」

牧原が恥じているのは、浅沼に内偵を頼もうと思いついた時の、自分自身の心持ちのことである。

「奥右筆方の内側から探れば、くだんの二人を見つけやすい」と、そればかりを考えて、「浅沼さまならお頼みできる。これで、ご筆頭のお役に立てる」と、安易に飛びついてしまったのだ。

だが目付方は、見つかりさえすれば手段のほどは何でもよいという訳ではない。浅沼に、それらしき人物の心当たりを訊ねるにしても、それは「浅沼さまに頼んで探していただく」というのではなく、あくまでも捜査の一つとして、奥右筆方の内情を浅沼から訊き出すための訊問でなければならないのだ。

「かような根本を見失ってしまうなどと、まことにもって、情けない限りでございまして……」

心底、落ち込んでいるのだろう、牧原はうつむいて、首が見えないほどである。

その新任目付の背中をポンポンと叩いてやると、十左衛門は笑った。

「目付の職は、いつになっても難しゅうてな。したが、常日頃から忘れずに、自分が今、目付として正しいか否かを反芻《はんすう》しておれば、大丈夫だ」

「はい……。しかと心に留め置きまして、忘れぬようにいたしまする」

「うむ。それでよい」

「…………」

自己嫌悪を抱える牧原にとっては、今日これからの宿直の夜は、ひどく長くなりそうだった。

五

浅沼の見立ては、確かであった。

その翌日から奥右筆の日常をよく知る牧原が中心となり、それを斗三郎が配下の者たちを率いつつ助けて、『坂田秀之進』と『嶺岸丹右衛門』について調べていったのだが、川に落ち、書状を失くしたのは、やはりその二人だったのである。

平の奥右筆である坂田は三十五歳、同様に平である嶺岸は四十三歳で、両者ともに表右筆方から奥右筆方へと取り立てられて十年近くが経つ、中堅どころの者たちである。

奥右筆方は御用部屋の老中や若年寄に直に仕《つか》えているため、普通の役方なら長官にあたる『頭《かしら》』というものがない。二名の組頭が、十八名いる平の奥右筆に、適宜《てきぎ》、仕事を割り振っているのだが、もとより奥右筆に選ばれる者たちは頭の回転の速い、万事に気が利く能吏ばかりだから、数多《あまた》いる幕府の役人のなかでも際立った存在であった。

ことに奥右筆たちに注目しているのが、諸藩の留守居役である。

老中や若年寄の秘書役を務めて、御用部屋のすべてを知っているといっても過言ではない奥右筆であるから、自分の藩の懇意となってくれれば、いろいろと聞き出すこともできる。

それゆえ二十人しかいない奥右筆方の者たちを狙って、何とか自藩の顧問のようになってもらおうと、諸藩の留守居役たちは、狙いの奥右筆を誘って酒食をおごったり、屋敷に贈り物を届けたりと、執拗に追いかけていたのである。

「こたび坂田秀之進と嶺岸丹右衛門を狙って声をかけてきたのは、信濃高遠藩《しなのたかとお》と下野《しもつけ》烏山藩《からすやま》の留守居役だったそうでな。深川八幡の『松本』とか申す料理屋で、さんざんに飲み食いしたらしい」

今、十左衛門は目付部屋での合議の席で、今回の一件について皆に話をしている最中であった。

「いや、『松本』にござりまするか」

いささか羨ましげに言ってきたのは、目付の蜂谷新次郎である。

「富岡八幡宮の『松本』と申せば、その近所の『伊勢屋』と並び、『深川の二軒茶屋』などと呼ばれるそうにございましてな、酒食のほうもさることながら、四季折々の庭の眺望の良さなんぞも評判で……」

「ほう……。これはまた、随分とご執心なようにござりまするな」

横手からからかってきたのは、西根五十五郎である。

すると、西根の言った「ご執心」をどうやら真に受けたのか、小原が大真面目な顔で注意してきた。

「したが蜂谷どの、値ばかりが張るさような茶屋は、『賄賂《まいない》』受け渡しの巣窟のごとき代物でござるぞ。そうした場所《ところ》に目付が出入りをするというのは、いかがなものか」

「いえ、小原さま！　拙者、さような場所には足を向けたことすらございませぬし、別段、行きたいとも思いませぬ。ただ『深川八幡の松本』と申すのを、以前、噂に聞いたことがございましたもので、今、口にいたしただけでございまして……」

「いや、さようにござったか。なれば、重畳《ちょうじょう》……。どうも要らぬことを申したようで、かたじけない」

「とんでもございません」

お互いに気のいい同士、蜂谷と小原は素直に謝り合っていて、それを西根が白けた顔で眺めている。

そんな三人の会話に斬り込んで、十左衛門がこう言った。

「その『賄賂』の話でござる。今、小原どのが申された通り、さような茶屋はえてして諸藩の留守居役に使われて、現にこたびも高遠・鳥山両藩の留守居が、『嘆願の手本となる書状を見せてくれた礼』として、坂田らにそれぞれ五両ずつ、手渡してきたそうなのだ」

坂田・嶺岸の両名については、すでに十左衛門が斗三郎ら配下とともに捕縛して、訊問も済ませている。

何せ目付方《こちら》には証《あかし》となるものが「たんと」あり、書状や短冊に加えて、「与志川の房吉」という頼りになる証人が控えているため、坂田たち二人もすぐに観念して、あの晩の一部始終を素直に白状したのである。

房吉に「口止め」として渡した五両の金も、あの晩『松本』の座敷において、高遠・烏山の両藩の留守居たちが、目の前で紙に包んで渡してくれたそうだった。

「なれば、その五両が、そのまま猪牙の船頭に流れたという訳でございますね」

続きを話しやすく合いの手を入れてきてくれた桐野に、「さよう」と、十左衛門はうなずいて見せた。

「こたびは泥酔の末に川に落ち、それがために、諸藩の留守居が『礼』と称して差し出す額が、なんと『五両』にもなり得ることが明らかに相なった訳で、坂田と嶺岸の処罰についての合議のほかに、諸藩の留守居が渡してくる金子《きんす》についても、やはりこのまま放っておく訳にはいかぬであろうと思うておるのだ。これを『賄賂《まいない》』と取るか、『世話になった礼金』と取るべきか、まずは、そこをお聞かせいただきたい」

「それは、もちろん『賄賂』でござろう」

一番に意見を述べてきたのは、小原孫九郎である。

「奥右筆に取り入るために、酒食をおごり、金品を渡しておるのだから、これを賄賂と言わずとして何とする」

そうして話しているうちに、世間に横行する賄賂に腹が立ってきたものか、小原は憤然とした顔つきになっている。

すると、いつもはあまり口を出さない佐竹甚右衛門が、穏やかに小原に話しかける風に、こう言ってきた。

「ただ、こたびに限りましては、坂田らの流布した『嘆願の手本』と申しますのが、すでに三年《みとせ》も前に済んでいる参勤免除の嘆願でございますゆえ、これを密書の漏洩《ろうえい》と取るか否かにも関わってまいりますものかと……」

「三年前の嘆願書を密書と取るか取らぬかは、また別の話にございましょう」

横手から、ぴしりと指摘してきたのは、荻生朔之助である。

指摘されて気がついて、早くも後悔に顔を赤らめている佐竹に構わず、荻生は先をまだ続けた。

「今、先に論ずるべきは、諸藩の留守居が奥右筆の取り込みに、酒食の接待や金品の渡しを行っておりますことを、どういたすかということで……」

「そこの切り離しはできますまい」

荻生に横から斬り込んだのは、赤堀小太郎である。

「そも留守居が取り入ろうといたしますのも、奥右筆から実益を得たいがためで、こたびの坂田や嶺岸とて、空《から》っ手で酒食や金品をもらう訳にはいかぬゆえ、書状の写しを披露したのでございましょう。『松本』に呼ばれるための手土産《てみやげ》が、幕府に仇《あだ》をなす代物かどうかは、佐竹さまの申されるよう、しっかりと見極めるべきかと……」

「………」

痛いところを指された荻生は、もとより赤堀を好いていないためもあり、悔しさに唇を噛んでいる。

すると稲葉が場を救うようにして、「ご筆頭」と、横から声をかけてきた。

「いわゆる『付け届け』や『礼』の類いと、『賄賂』との線引きに決着をつけて、これは善《よ》し、これは悪しと制定をいたしませぬ限り、幕府として、諸藩の留守居の「礼」の横行を取り締まることはできぬかと存じまする。けだし、その線引きをどうつければよいものか、私にはいっこう……」

稲葉が素直にそう言って、それきり黙り込んでしまうと、場は一気に静かになった。

おそらくは皆それぞれに、稲葉の言った「線引き」について考えているのだろう。

今さっきまで揉めていた荻生や赤堀も、蜂谷をからかって愉しんでいた西根も、思案の顔になっている。

その皆の様子を見渡して、十左衛門は誰かが何か言ってくるのを待っていたが、線引きの難しさに答えが出ないようなのを見て取って、おもむろに口を開いた。

「良心に照らして、その時々に『これは賄賂か、そうでないか』を分けるというのは、いかがでござろう？」

いきなり言い出した十左衛門の答えは平板《へいばん》すぎて、やはり、あまりに意外だったらしい。皆、誰も、何も言わずに、十左衛門を見つめている。

だがそのなかで、一人、稲葉徹太郎が、核心を突いてきた。

「『良心』と申しますのは、己《おのれ》の良心のことにてございましょうか？」

「さよう」

稲葉にうなずいて見せると、十左衛門は言葉を選び選び、説明し始めた。

「『己の良心に照らす』などと申せば、『悪行をなすような者らに良心などあるものか』と反論を受けるは必定だが、さりとて悪事をなす者も、たいていは人や世間に相隠していたすであろう？」

つまりは人に隠すか隠さぬかが、その当人が自身の良心に照らして、「これは善い」「これは悪い」と、分けた結果ということになる。

自分が金品をもらったことを、「周囲に知られては困る」と隠せば、それはすなわち「賄賂」ということになり、もらったことにいっさい罪悪感を感じず、「もらった」と平気で世間に言えるようなら、それはただの「頂きもの」と処理しても構わぬのではないだろうか。

「むろん、これは目付方である我らや、幕府が引く『線引き』で、広く世間が許すか許さぬかは、別のことに相なろう。だがこたび、坂田と嶺岸は、はっきり『隠そう』といたしたのだ。よって、二人がもらった五両や酒食の代は、『賄賂』と判断してよかろうと存ずるが、いかがでござろう？」

十左衛門は答えを求めて、一同を見渡した。

「線引きは、それが妥当と存じまする」

開口一番、いささか偉そうに言ってきたのは、荻生朔之助である。

「拙者もそれでよかろうと存ずるが、おのおの方はいかがでござる？」

小原が言って、見まわすと、皆それぞれにうなずいてきた。

「ですが、ご筆頭。結句、坂田と嶺岸の処分については、御用部屋のお歴々に、何と上申なさるおつもりで？」

皮肉な苦笑いを浮かべて言ってきたのは、西根五十五郎である。

だが、その西根の意図するところは判っていて、十左衛門もうなずいて見せた。

「さよう。坂田らが『賄賂を受けた』と相なれば、留守居のほうも『賄賂を渡した』ことになるゆえな。諸藩の留守居が一挙に槍玉《やりだま》に上げられることになろうから、大名家が黙ってはおるまい」

諸藩の大名家にとって、江戸で留守居役が暗躍して獲《え》てくる幕府のさまざまな情報は、自分の藩の盛衰はもちろん、存続までを左右しかねない、入手必須なものなのである。

すると、それまではずっと一言も意見はせずに、先輩方々の話に黙ってうなずいているだけだった牧原佐久三郎が、

「ちと、よろしゅうございましょうか」

と、初めて口を利いてきた。

「おう、牧原どの」

新任の牧原が、ようやく自分で声を出してきたのを喜んで、十左衛門は笑顔を見せた。

「さよう、合議の席で、遠慮は無用だ。思うたことは、臆せず何でも言うてくれ」

「はい……」

いっせいに新任の自分に先輩目付たちの視線が集まったことに、牧原は小さく唾《つば》を飲んだようだった。

「申し上げます。諸藩の留守居の行状につきましては、かねてより上つ方の皆さまも眉を寄せていらっしゃいまして、留守居が酒食の席などで寄り合いを持つのを禁ずる令も、たしか幾度か出されていたようにござりまする」

「なにっ、まことでござるか！」

十左衛門を尻目に、横手から、小原が勇んで訊いてきた。

「はい。たしか近々《きんきん》のものでは、寛保《かんぽう》の頃に、町場の料理茶屋などで派手に寄り合いをするのを禁じまして、寄り合うならば、大名家の屋敷内《うち》でするようにと、さようなお触れになっておりましたものかと……」

禁令が出されたのは寛保三年（一七四三）、今からおよそ二十五年前のことである。

だが幕府が、最初に留守居の寄り合いに文句をつけたのは、さらに昔の宝永《ほうえい》四年（一七〇七）のことで、その時は諸藩の留守居がそれぞれに、かなり不確かな情報などまで教え合って、かえって幕府に混乱をきたしたことを怒って、寄り合うことそのものを禁じたものだった。

それでもやはり、留守居たちの暗躍は、諸藩にとっては必要不可欠なものなのである。

　宝永四年、七年と、二度に亘《わた》って禁令が出されたというのに、出されてすぐの一時だけ目立った寄り合いをしないというだけで、留守居たちの寄り合いは、どんどん元のように派手に大きくなってくる。

　そうして二十五年前、寛保三年に、またもきつく禁令が出されたというのに、今ではもう、高価で派手で贅沢《ぜいたく》の極みである「深川八幡の松本」で、奥右筆を泥酔させるほどに接待しているのだ。

「よし、相判った」

　実情のほどを教えてくれた牧原に向き直ると、十左衛門は、いたずらっぽい笑顔を見せた。

「なれば、こたびの一件を契機に、幾度目かの禁令を出していただけるよう、御用部屋《おへや》にて嘆願をしてまいる。あとは、坂田と嶺岸の処罰をどういたすがよいものかだが……」

「それなれば、『御家断絶』の上、『遠島』というところがよろしかろうて」

　早くも決めて言ってきた小原を、横手から桐野が目を丸くして、あわてて止めた。

「『御家断絶』で『遠島』では、相手方の高遠藩と烏山藩とが、留守居を切腹させせねばならなくなりまする」

「さよう。留守居の切腹で済めばよろしいが、奥右筆側が『御家断絶』と相なれば、両藩の大名家側も、無傷《むきず》という訳にはまいりますまい」

西根も加えてそう言って、小原は早くも、素直に悩み始めている。

「さようか……」

すると稲葉が、またも場をまとめて案を出した。

「『御役御免』の上、小普請入り（無役になること）というあたりでは、いかがでございましょうか？」

「いや、稲葉どの。さすがに、それでは軽かろう」

難色を示した小原に、稲葉がもう一押しした。

「右筆方の者たちは、もとより代々右筆の職を務めて、家を繋いできた者たちでございます。そこを断たれて無役に落ちるのでございますから、子孫が右筆の家格を取り戻すのは、まず困難になりますことかと……」

言いながら、かすかに稲葉が牧原に、小さくうなずいて見せた。

右筆出身の牧原に、援護を頼みたいのである。

すぐに気づいて牧原も、小原を説得にかかった。

「右筆は数が少のうございますから、どの家も、嫡男を見習いに入れますのが精一杯で、次男、三男となりますと、どこぞの右筆方の娘婿にでもならねば、右筆はできませぬ。こたびがように家ごと穴が空きますというと、『これ幸い』と、他家の次、三男が群がりますゆえ、坂田や嶺岸の両家に戻る隙間はもらえぬかと存じまする」

「なるほどの……」

小原が大きくうなずいて、すぐに坂田秀之進と嶺岸丹右衛門については、目付方全員一致で「御役御免の上、小普請入りが相当」と、上つ方への上申が決定した。

諸藩の留守居役の者たちに、再び寛保三年と同様、町場の茶屋で派手に寄り合うことを禁ずる令が出されたのは、程なくのことである。

禁令が出されたことを、老中方より目付部屋に出された下知の書状で知った十左衛門は、上機嫌であった。

禁令が出されて、坂田や嶺岸のように贅沢に溺れる幕臣が少なくなるのは嬉しい。

だが何より十左衛門を誇らしい気持ちにさせているのは、牧原佐久三郎を十人目に迎えた目付部屋がまとまってきたことである。

家禄が低いこともあり、牧原はいまだ目付部屋のなかで萎縮して、自分が目付として十分に動けることに気づかずにいるようだが、十左衛門らが皆で選んだ牧原は、確実に目付方の役に立ってくれているのだ。

これからの目付部屋は、大いに期待するに値する。

筆頭として、十左衛門は改めて喜びを感じるのだった。

第四話　抱え屋敷

一

牛込《うしごめ》の町場の北西には、幕府直轄《ちょっかつ》の百姓地が広がっている。

早稲田村《わせだむら》と呼ばれるこのあたりは江戸川《えどがわ》の支流から潤沢に農業用水が引けるため、畑ではなく水田が一面に広がっていたが、どうした訳かその一画に、草がぼうぼうに生えっぱなしになっている土地があった。

広大な田園の真ん中を突っ切る形で、その先にある町場や武家地に続く一本道が通っているその道沿いに、千坪余りもの広さの土地が、ぽっかりと四角く休耕地になって荒れているのである。

その草ぼうぼうの千坪の土地から、ある日の夕方、小火《ぼや》が出た。

幸いにして、まだ日暮れには間《ま》のある時刻のことで、近所で田の草取りをしていた百姓の女房が見つけて騒ぎ出し、道の先を歩いていた武士ら四、五人がその声を聞いて駆け戻ってきてくれて、火は周囲の水田に影響を及ぼすこともなく、何とか無事に鎮火《ちんか》した。

だがそうして小火で一部の雑草が燃えて、敷地の内部《なか》がどういう状態になっていたのか外からも見えるようになったことで、騒ぎはより大きく深刻なものとなった。

雑草が大人の肩の高さほどにもなっていたため、これまでは前を通っても見えなかったのだが、敷地のなかは、いかにも外から投げ入れられたという様子のゴミが結構たまっている。そこそこに人の通る道沿いということもあり、今回などは何か火種になるようなものでも、投げ入れられたのかもしれなかった。

梅雨《つゆ》前で、今は雑草もみずみずしい時季だから、燃え広がるのに時間がかかり、小火で済んだが、秋や冬の草が枯れている頃であったら大火事になっていたかもしれない。

小火を消してやった武士たちは、通りを抜けた先に住む武家町の御家人たちで、自分たちの屋敷にも影響を及ぼしかねないこの場所を「このままに放っておく訳にはいかない」として、動き始めた。

まずはそこらで農作業をしている百姓を見かけるたびに、あの荒地の持ち主は誰かを聞いてまわっていたのだが、「知らない」と答える者ばかりである。

だが幾日か経ったある日、「おう。そなたは、あの時の……」と、運よく小火騒ぎの時の百姓女と行き会うことができて、いろいろ立ち話をするうちに、あの土地にはあまり大きな声では言えないような仔細のあることが判ったのである。

荒地の持ち主は『伝兵衛《でんべえ》』というこの村の大百姓の一人なのだが、どうやらどこかの旗本に売ってしまったらしく、五年ほど前から休耕地として放置されて、年を追うごとに、ああして酷い状態になっていったのだという。

とはいえ、伝兵衛が「作付けの悪いあの場所が、お旗本に高く売れた」と喜んでいたのは五年前、売ってすぐの頃だけである。いつの頃からか伝兵衛は、「お旗本」とは言わずに、「お武家さま」と言うようになり、今ではいっさいあの土地のことは口にしなくなったということだった。

一連の話を百姓の女房から聞いた武家町の者たちは、もはやこの荒地のことは、自分たち御家人がどうにかできるものではないことを悟った。

ただの休耕地だと思っていたから、自分たちが持ち主の百姓と会って「もう火事など出さぬよう、きちんと草を刈って管理しろ」と、注意するつもりだったのである。

だがすでに土地は売られていて、その相手が「旗本らしい」というのでは、もう自分たちの手でどうにかできることではないのだ。

武家町に住むその御家人たちは、『大番方《おおばんかた》』の同心《どうしん》たちで、この話を自分たちの組の長官である『大番頭《おおばんがしら》』に報告した。

同心の自分たちは御家人身分で、役高も三十俵三人扶持だが、長官の『大番頭』は家禄五千石以上の旗本や一万石級の大名が就任する、格の高い役職である。

その大番頭から目付方のほうに陳述が上がり、再び火事など起きないよう、土地の買い主の旗本に指導してもらうという運びとなったのだった。

二

この一件の担当となったのは、蜂谷新次郎であった。

くだんの「伝兵衛」については、すでに徒目付の梶山要次郎《かじやまようじろう》ら数名の配下の者たちが、早稲田村の百姓たちに訊き込みをかけて、伝兵衛の家の場所や、どんな人物であるかについてなど、あらかたの下調べは済ませて、蜂谷にも報告済みである。

今年でちょうど四十になったという伝兵衛は、十数年前、父親から家や田畑を受け継いで一応は家長になったそうなのだが、隠居した父親が偉大すぎて、いまだに頭が上がらないでいるということだった。

嘉右衛門《かえもん》という名のその父親は、現役の頃には早稲田村の名主《なぬし》の補佐役を務めていたほど力のある大百姓で、息子に代は譲ったものの、今でも元気に農作業もこなしており、村のなかではまだまだ発言力の強い人物だそうである。

その嘉右衛門に睨まれるのが怖くて、大番組の者らに訊ねられた時には「あの土地の持ち主が伝兵衛だ」ということを、皆、自分の口からは言えずにいたそうなのだが、くだんの百姓女から「伝兵衛さんのものだと喋《しゃべ》ってしまった」と聞かされて、「ならばもう、今さら隠す必要もなかろうから」と、徒目付の梶山たちの訊問にも答えてくれたのだった。

そうした報告のすべてを聞いた上で、今、目付の蜂谷新次郎は、梶山の案内のもと、早稲田村にある伝兵衛の家の前までやってきたところである。

さすが父親が名主の補佐をしていただけのことはあり、伝兵衛の家はなかなかに立派なもので、母屋に続く馬小屋のほかにも、牛が数頭つながれた牛舎までが設《しつら》えられていた。

外からの見た目を裏切らず、母屋のなかも上等な造りになっている。そのなかでもたぶん一番上等であろうと思われる書院風の座敷に、蜂谷ら一行は通された。

「あの土地でございましたら、ご浪人の『時田《ときた》さま』というお方に、お売りいたしたのでございます」

城から来た「御目付さま」である蜂谷を前にして、堂々とそう言ってのけたのは、伝兵衛ではなく、父親の嘉右衛門のほうだった。

「なに？　浪人者が買ったと申すか？」

蜂谷は目を丸くした。

「したが、あの広さだぞ。江戸市中のこのあたりで、あれだけの広さとあれば、値も尋常な額ではあるまいて」

ここは農地なうえ、最終的に値を決めるのは売り手であるから断言はできないが、やや郊外の感はあっても、やはり江戸市中の千坪もの土地である。千両とは言わないまでも何百両と値をつけたに違いなく、それを買って、なおかつ放置しておけるというのは、よほどの財力がなければ難しいはずだった。

見れば、伝兵衛はいかにも困った顔をして、父親の横で小さくなっている。

だが隠居の嘉右衛門のほうは、どこまでも強気であった。

「世間には、そうと見えないお大尽《だいじん》さまも、たんといらっしゃいますので……」

「…………」

むっとして蜂谷は嘉右衛門を睨みつけたが、嘉右衛門のほうは、まるで平気な顔である。昔は名主の補佐として、年貢《ねんぐ》の取り立てに来る幕府の役人を相手に、さまざま交渉事もしてきたのであろう嘉右衛門であるから、城から目付が来たくらいでは、正直、屁《へ》でもないのかもしれなかった。

とはいえ目付方《こちら》も事前の調査で、伝兵衛が「旗本に売った」と周囲の者らに吹聴《ふいちよう》していたことを知っている。

そして何より、なぜ目付方が嘉右衛門の言うことを鵜《う》呑《の》みにしないのかといえば、実際の買い手であろう旗本が「名を出すな。旗本に売ったと、他人《ひと》に話すな」と、伝兵衛親子に口止めする理由に心当たりがあるからであった。

幕府は別に、大名や旗本といった武家たちが私費で土地を売買することを禁じている訳ではない。所持の届け出は必須であったが、それさえ出せば、所持すること自体には何の規制もなかったし、それを売ることになったとしても、別に問題はなかったのである。

だが一方、買った土地をどう使うかについてには厳しい規制があった。武家身分の者になら、その土地を貸して賃料を取っても構わないが、町人を相手にそれをしてはいけないことになっていた。

武士になら貸していいと言われても、基本、武士たちは皆、拝領した屋敷を有しているから、客にならない。町人に貸して地代や店賃を取れないとなれば、土地を買っても利潤を生む術《すべ》がなかった。

それゆえ今回の一件のように、旗本である自分の名は出さずに、町人身分に分類される「浪人者」の名を借りて、あの千坪を購入したに違いなかった。

「よし。なれば、その浪人者の名や住家《すみか》を伺おう。浪人とあらば町人と同等ゆえ、町奉行所の支配となる。目付方《こちら》から届けを出しておくゆえ、さよう心得よ」

脅しを込めて蜂谷は言ったが、どうやらこれも嘉右衛門には効かなかったようである。嘉右衛門は、息子の伝兵衛に指図して何やら書状を取って来させると、それを広げて蜂谷のほうに見せてきた。

「売買《うりかい》の覚書《おぼえがき》でございます。どうぞ、構わず、何なりとお写しくださいまし」

「…………」

どこまでも不遜《ふそん》な物言いの嘉右衛門に、蜂谷は苦《にが》りきっている。

その横で梶山が、サッと懐《ふところ》から矢立と紙を取り出して、「時田」なる浪人者の名や所書《ところがき》を写し取っていた。

『牛込水道町《すいどうちょう》一丁目　時田亮左衛門《りょうざえもん》』

というのが、浪人者の所書である。だがこれは、おそらく当てにはならないであろうことを、蜂谷も梶山も承知していた。

もとより浪人者の時田というのは、買い手である「旗本」の影武者のようなものである。よしんば「時田」という人間が、本当に牛込水道町にいたとしたところで、そこから旗本当人を辿ることはできないはずだった。

だが実は、今日のこの訪問には、別の狙いがあるのである。決して無駄にはならないであろうことを、蜂谷も梶山も読んでいるのだった。

三

はたして牛込水道町の一丁目には、案の定、「時田亮左衛門」などという浪人者は、存在すらしなかった。

だがこたびの案件において、わざわざ伝兵衛の家を訪ね、父親の嘉右衛門の態度にムッとしながら、土地の買い手についてあれこれと訊ねてきたのは、直接、何かの情報を仕入れるためではなかったのである。

あの小火騒ぎで、目付方《こちら》が土地の買い手の「旗本」を探し始めている事実を、伝兵衛たちに見せつけてくることが何よりの目的だったのだ。

父親の嘉右衛門とはまるで違って、伝兵衛は小心者のようである。

伝兵衛が焦って、買い手のもとへと報告に駆けつけていくのを見越して、こちらは梶山をはじめとする尾行のための配下数名を、伝兵衛の家を見張ることができる別の百姓家に残してきていた。

つまりはそうして目付方のこちらに協力してくれる者が出るほどに、あの荒地の小火騒ぎは近所の者たちに不安を与えたということである。

一足先に城に戻っていた蜂谷のもとに、尾行に成功した梶山要次郎が報告に来たのは、もうすっかり日が落ちた後のことであった。

「おう、戻ったか。まこと、ご苦労であったな」

目付部屋に顔を出した梶山を慰労して、部屋の奥から迎えに出てきた蜂谷に、梶山は勇んで報告を始めた。

「蜂谷さま。やはり案の定、『旗本』にてございました」

伝兵衛が単身、家を出てきたのは、あれから小半時《こはんとき》（約三十分）と経たないうちだったそうである。

協力してくれた家の者に礼を言い、梶山たちが急ぎ伝兵衛を尾行していくと、伝兵衛は一路、江戸川沿いの大通りを歩いて、牛込御門前の橋を渡り、番町《ばんちょう》へと入っていったそうだった。

番町は、幕府のなかでも中堅どころの旗本の拝領屋敷が集められている、古い武家町である。ざっと見積もっても五百家は下らない旗本屋敷が所狭しと建ち並んでおり、おまけにどの屋敷も表札など出してはいないから、よほどに通い慣れた者でなくては迷ってしまう。

そうした外部《そと》から来た者への道案内や、不審者の見張りなどのため、武家町では所々に『辻番所《つじばんしょ》』を設置していて、そこに交替で番人を駐在させてあるのだが、伝兵衛は辻番所に頼ることもなく、慣れた様子で屋敷の一つに入っていったということだった。

「近場の辻番所で確かめましたところ、『関根佑之進《せきねゆうのしん》』と申す、『広敷用人《ひろしきようにん》』だそうにございました」

「ほう……。なるほど、広敷の用人であったか」

「はい……」

広敷用人というのは、大奥の御用を一手に請け負ってこなしている『広敷』と呼ばれる役場の長官のことである。

役高の五百石に加え、「御役料《おやくりよう》」と呼ばれる仕事をする上での手許金《てもときん》として別途で三百俵も与えられており、大奥の意向を若年寄方を通して幕府に伝えたり、幕府からの要請を大奥側に伝えたりと、何かと権勢を持ちやすい役職の一つであった。

ことに大奥では、日々さまざま高価な買い物をすることが多いため、御用達《ごようたし》の商人たちが広敷を通して営業をかけてくる。

それゆえ必定《ひつじよう》、広敷の長官である広敷用人のもとには、大奥への口利きを求める商人たちが争って金品の付け届けに集まってくるため、この職に就いている間に莫大な財を成す者も少なくないのである。

「なれば、その財力を使って、あの千坪を買い付けたという訳か」

「はい。おそらくは……」

梶山はうなずくと、後を続けて、蜂谷に報告した。

「関根の屋敷を見通せる辻番所に、今、二人が残りまして、人の出入りを見張っております る。これよりは、私も急ぎ戻りまして、交替に入りますので」

「うむ。足労をかけるが、よろしゅう頼む」

「ははっ」

「せめて茶ぐらい飲んで行け」と、蜂谷が茶坊主に頼んで淹《い》れさせた茶を、ぐいっと美味《うま》そうに飲み干すと、梶山要次郎は宵闇のなかを、再び番町に向けて戻っていくのだった。

四

その梶山ら配下の苦労の甲斐あって、はや数日の後には、くだんの千坪の持ち主は他ならぬ広敷用人・関根佑之進であり、「浪人の時田」などという人物はいないことが判ってきた。

だが驚いたことには、関根が買い付けてあった土地は、千坪のあの土地ばかりではなかったのである。

伝兵衛からの報せで、あの千坪に小火が起こり、そのせいで目付方が動き始めてしまったことを知るや、関根は自分の家臣に「時田」を名乗らせた上で、草刈りやごみの片付け等を急がせた。

とはいえ、牛込水道町に住んでいるはずの「浪人の時田」は、梶山ら目付方に尾行されているとも知らずに、平気で番町の関根の屋敷に戻ってくる。

その上、さらに間抜けなことには、関根は他の土地についても心配になってきたらしく、「時田」を名乗らせるその家臣に、他に五ヶ所もある土地すべてを見てまわらせてしまったのだ。

尾行していた梶山たちは、この「時田の案内」で、全ての場所を知ることとなった。

まずは早稲田村と同様の百姓地としては、小石川《こいしかわ》の田んぼの外れに二百坪の土地を買って、これを近所の寺の住職に、内密に貸し出してあった。

借り手である住職は、そこに妾宅《しょうたく》を構えていたという。

寺院はすべて『寺社奉行方』の管轄になるから、住職が自分の寺の敷地外に妾宅を構えようと思えば、それは寺社方には届け出なしの内密な行為となる。

関根はその住職の足元につけ込んで、かなり高めの家賃をふっかけていたらしく、伝兵衛から買った早稲田村の土地の周囲にも寺院が多く点在しているため、小石川の物件と同様、上手《うま》く寺院に貸付けができないものかと、いわば先行投資で購入してあったようだった。

他の四件の土地は、町人から買ったものである。

まずは飯田町《いいだまち》の町場に三百坪、築地《つきじ》の木挽町《こびきちょう》と竹川町《たけかわちょう》に、それぞれ三百坪と二百坪の土地があり、これら三ヶ所には安手の長屋を何棟か建てて、「時田」という家主の名前で、町人たちに貸して店賃《たなちん》を取っていた。

「ただもう、とにもかくにも驚きましたのは、なんとあの江戸のなかでも一等地の小《こ》舟町《ぶなちょう》にまで、貸し店《だな》を持っていたことにございまして……」

今、蜂谷が、ここまでの経緯を報告しているのは、「ご筆頭」の十左衛門である。

この関根の一件もあらかたのところは調査《しらべ》が済んで、すでに証《あかし》となる売買の証文も押さえてある。ここまで証拠を揃えておけば、もう関根を実際に捕らえてしまっても、言い逃れされる心配は皆無であった。

自分への調査が、まさかここまで進んでいるとは思ってもいないのだろう。梶山の報告によれば、今日も関根は常と変わらぬ顔をして、広敷の勤めに出ていったそうである。

明日にでも若年寄方の許しを得た上で、広敷の勤めを終えたところを待ち伏せし、捕縛するつもりであった。

「しかして蜂谷どの、これはおそらく関根のほかにも、たんとおるであろうな」

「はい。まこと、厄介なもので……」

幕府からの拝領地以外であれば土地の売買は許されているから、家計に十分な余裕がある武家は、関根のように町人地や農地を買い漁《あさ》ったりもするのであろう。

だが、いざそうして土地を買っても、武士以外の者に貸すことは許されていないから、今回の関根のように、自分の名を出さずに違法に土地の売買をしたり、賃貸ししたりする訳である。

「これを契機に、関根のような輩《やから》を炙《あぶ》り出して一掃してしまえばよろしいのでございましょうが、なにぶん、こたびが関根のように名を隠しておりますというと、貸家のうちのどれが違法で、どれが違法でないものやら判りませんので……」

話を結んで、ため息をついた蜂谷に、

「さようさな……」

と、十左衛門もうなずいて見せたが、ふと思いついて顔を上げた。

「おう。なれば、北町の依田和泉守さまに、お力を貸していただこう」

幕府側の出先機関である町奉行所が、町場のすべての家主について統計を取っているか否かは判らないが、掌握するに難しい町場のことは、やはり手練《てだれ》の「依田和泉守さま」に伺うのが賢明というものである。

翌日の夕刻、蜂谷は梶山ら配下とともに、『広敷御門』と呼ばれる広敷勤めの役人たちの通用口で待ち構えて、無事、関根佑之進を捕縛するに至り、その後も引き続き、北町奉行所と連携を取りながら、こうした不法な幕臣の一斉検挙に乗り出すこととなった。

だがそんな目付方の動きにまるで連携するかのように、新任目付・牧原佐久三郎を糾弾《きゅうだん》する訴状が、くだんの目安箱に投函されていたのである。

「先般、御目付役にご昇進なされました牧原佐久三郎さまにつきまして、ご注進いたすものでございます。

牧原さまにおかれましては、千駄ヶ谷《せんだがや》の百姓地の畑中に、かねてご購入の『お抱え屋敷』これ有り、しかして先般このお抱え屋敷にて、夜半に賭場《とば》が相開かれた由《よし》にてございまして……」

と、訴状にはかなり具体的な提示があり、牧原に近しい者の投函であろうと思われたが、さりとて訴状のどこにも差出人の記名はなかったという。

訴状に書かれた「抱え屋敷」というのは、武家の者が私費にて購入した土地のことである。言葉のなかに「屋敷」と付くが、建物のことではない。

あくまでも私費で抱えた場所のことを指すのであって、たとえばくだんの早稲田村の千坪なども、草ぼうぼうの荒地なだけで建物はないのだが、実際のところは関根の持つ「抱え屋敷」であった。

その抱え屋敷で、目付の牧原佐久三郎が、あろうことか賭場を開いていたと、目安箱の訴状は密告してきたのだ。

十左衛門のいた目付部屋に、「牧原が捕縛された」との一報が入ってきたのは、関根の処罰が『御家断絶』の上、当人は江戸追放と決まって、まだ十日と経たない日の朝方のことであった。

「なに？ 昨夜、牧原どのが捕まったと……？」

宿直《とのい》明けの十左衛門とともに一報を聞いたのは、同じく宿直番だった稲葉徹太郎と、その日がちょうど当番であった佐竹甚右衛門と桐野仁之丞の三名である。

その四人の目付に報告して、徒目付は先を続けた。

「実は今、牧原さまのご家中が『是非にも、妹尾さまに仔細のほどを……』と、私どもの番所の前でお待ちでございまして……」

徒目付たちが当番を決めて、交替で詰めている番所は、本丸御殿の玄関脇にある。

「相判った。すぐに参る」

と、十左衛門が部屋を出ようとした矢先、今度は若年寄方から呼び出しが入った。

「摂津守《せっつのかみ》さまがお呼びでございます。『至急、妹尾を呼んでまいれ』と、御用部屋にてお待ちでございますので」

使いの表坊主が言った「摂津守さま」というのは、若年寄方の首座である松平摂津守忠恒《ただつね》のことである。

するとと横から気を利かせて、稲葉が声をかけてきた。

「なれば、ご筆頭。よろしければ、私が、牧原どののご家中のほうに……」

「おう。そうしてくれるか、稲葉どの。なれば頼む」

「ははっ」

心配そうにこちらを見ている桐野や佐竹にうなずいて目付部屋を出ると、十左衛門は一緒に部屋を出てきた稲葉と、右と左に廊下を分かれて、急ぎ御用部屋へと向かうのだった。

五

御用部屋に着いた十左衛門を待っていたのは、だが、摂津守ばかりではなかった。

実際、若年寄の摂津守自身は隅《すみ》にいて、まるで添え物のようになっており、御用部屋の上座には、首座の老中である松平右近将監武元と、次席老中である松平右京大夫輝高とが、どっしりと腰を据えて待っていたのだ。

「遅いぞ、十左衛門！　右近さまをお待たせするとは何事だ！」

開口一番、声高に怒ってきたのは、次席の右京大夫である。

「まあ、よい。それよりは、話が先だ。早うせねば、皆が城に着いて、また忙しゅうなるゆえな」

右近将監がそう言ったところをみると、どうやら今朝はわざわざこの会談のために、老中二人と若年寄一人は、いつもよりかなり早目に登城してきてくれたようだった。

「有難きご厚情、目付方一同に成り代わり、厚く御礼申し上げまする」

心底より十左衛門は礼を言って、三人を前に平伏した。

「して、さっそくだが十左衛門、こたびの牧原の一件については、そなた、どこまで存じておる？」

身を乗り出してそう言ってきた右近将監に、十左衛門は顔を上げた。

「恥ずかしながら、今ここに参りますより少し前に、『捕縛された』と聞いたばかりにござりまする。何でも『抱え屋敷』の内で、賭場を開かせた疑いがあると……」

「さよう。目安箱の訴状には、そうあったそうだ」

もとより目安箱の中身を読むことができるのは、上様ただ一人である。

牧原についての訴状を読み終えて、上様は、まずはご自身の懐刀《ふところがたな》ともいえる『側《そば》用人《ようにん》』田沼主殿頭意次《たぬまとのものかみおきつぐ》をお呼びになり、「この訴状の内容が事実か否か、まずは外部《そと》に知られぬよう、極秘のうちに確かめるように……」と、お命じになられたという。

極秘というのは、老中や若年寄ら『表《おもて》』の役人たちにはもちろん、田沼以外の『小姓《こしょう》』や『小納戸《こなんど》』ら側近たちにも知られるなということである。

田沼は自分の家臣に命じて、千駄ヶ谷の畑のなかにあるという牧原の「抱え屋敷」を見つけると、交替で秘かに人の出入りを見張らせた。

「一晩で済んだそうだぞ」

右近将監に言われて、十左衛門も驚いた。

「『一晩』と申されますのは、見張りのことで？」

「うむ……」

と、右近将監は苦い顔になった。

「敷地の奥に、中間《ちゅうげん》小屋とおぼしきものが建っておるそうでな、その小屋を遠く見渡せる場所《ところ》に見張りを幾人か配しておいたら、その夜のうちに、無頼《ぶらい》の輩がたんと集まってきたそうだ」

「さようにございましたか……」

目を伏せて、十左衛門は沈思した。

あの田沼主殿頭が調べて、そう言うのだから、牧原の抱え屋敷で、たしかに賭場は開かれていたのであろう。

その賭場が、牧原の指示のもとで開かれているのか、はたまた牧原のあずかり知らぬところで開かれているのか判らないが、現に賭場が開かれたのであれば、牧原が捕縛を受けるのは当然であった。

「して、牧原は、今はいずこにおりますでしょうか？」

すぐにも会って、真偽のほどを確かめねばならない。

十左衛門が訊ねると、老中首座は、何ということもなく答えてくれた。

「他家に『預け』になっておる。牧原からは、母方の遠縁である『須藤《すどう》』とか申す小普請《こぶしん》（無役）だ」

「お有難う存じまする。なれば、さっそく預けの先を訪ねまして調べのほどを……」

「おい。ちと待て」

横手から鋭く声をかけてきたのは、次席老中・松平右京大夫である。

「そなた、これより牧原の調査《しらべ》に入るつもりであろうが、それを当たり前と思うでないぞ」

「………！」

意外な言葉に、思わず顔を上げた十左衛門に、今度は右近将監がこう言った。

「『目付の調査《しらべ》を、目付に任す』ということが、さほど容易に許される訳ではないということだ」

今回の牧原の調査を「十左衛門ら目付方に任せてよい」と、改めて許可してくれたのは、他ならぬ上様であられたそうだった。

側用人の田沼主殿頭は、「こたびばかりは、評定所の扱いにいたしましては……」と、進言したらしい。

だが上様は、その田沼主殿頭の進言に、「否」と答えられたそうだった。

「『旗本の調査《しらべ》は目付でよかろう』と、さようおっしゃられたそうだ。よいな、十左衛門。その有難きご信頼のほどを、ゆめ裏切るではないぞ」

右近将監がいつになく厳しい顔でそう結んで、「ははっ」と十左衛門は御用部屋から退出したのだった。

六

十左衛門が御用部屋から帰ってくると、一足先に戻っていたらしい稲葉を先頭に、佐竹や桐野も待ちかねたように駆け寄ってきた。

「いかがでございました？」

さっそく訊いてきた佐竹にうなずいて、十左衛門は御用部屋での一部始終を話して聞かせた。

「いや、上様が、我ら目付をそのように……」

佐竹はそう言って、ことさらに感じ入っている。

「さよう。そのご厚情に報いるためにも、何としても真実《まこと》のところを探らねばならぬ」

「はい……」

それぞれに思うところがあるのだろう、皆、うつむいてうなずいている。

「して稲葉どの、そちらはどうだ？」

「はい。『寝耳に水』と、まずはそういったところにございましょうか。主人の牧原どのを含めご家中一同、まったくもって身に覚えがないと、連呼しておられました」

牧原があの土地を買ったのは、四年ほど前だそうである。

先祖代々住んでいる拝領屋敷は、中小の旗本屋敷が多く集められている番町にあるそうで、だが番町はそうして所狭しと屋敷が建ち並んでいるため、いったんどこかから火が出ると、あっという間に燃え広がってしまうそうだった。

「先祖の頃から数えれば、明暦の大火を含めてもう三度も、丸焼けになったそうにございました。それゆえ万が一の際にも、すぐに他に移って、そこから御用部屋に通えるようにと、千駄ヶ谷の畑のなかに土地を買い、とりあえず雨風がしのげるだけの小屋を建ててありましたそうで……」

だが、いざかねてより念願であった、有事の際の『抱え屋敷』を手に入れると、

「これでもう何かあっても、御用部屋の皆さまにご迷惑をおかけしなくてすむであろう」と満足してしまい、日々の忙しさに紛れて、抱え屋敷の存在すらもめったに思い出さずにいたらしい。

「そこに、こたびの賭場騒ぎが起こったようで、一体、何が何やら判らないと……」

「さようか……」

仔細を聞けば、いかにもあの牧原が考えそうなことではあった。

奥右筆組頭は、御用部屋に上がってくる願書や陳述書のすべてに目を通して、それを適材適所、平の奥右筆に配分して処理をさせ、また一方、老中や若年寄方々から、それぞれに頼まれる御用もその都度うけたまわってと、毎日がめまぐるしく過ぎていく激務の役職である。

おまけに、その奥右筆組頭は自分を入れて二名しかいないから、どちらかが休めば、とたんに仕事が滞《とどこお》るであろうことは、目に見えているのだ。

それゆえ広い畑の只中《ただなか》の、いかにも類焼などしそうにない土地を手に入れて、小屋も建て、安心しきっていたというのも納得はできるのだが、それにしても、たまには家臣を千駄ヶ谷に向かわせて、管理させてもよさそうなものである。

「その管理のほどでございますが、どうやら土地の元の持ち主である百姓に、すべて任せておりましたようで……」

それというのも百姓地の場合、たとえば売られて、田畑のような農地でなくなってしまっても、依然、その土地には年貢がかかることになっているのである。

つまりは牧原のように『抱え屋敷』として百姓地の一部を買い、幕府にも届けを出して、正式に持ち主になったとしても、百姓地ゆえ年貢がかかるのは変わらないから、牧原はその年貢を金子《きんす》で払わなければならないのだ。

その年貢を納める際の窓口となっているのが、その土地の元の持ち主なのである。

「これは余談にござりまするが、どうやら武家が百姓地を持ちますというと、そこで普通に百姓が田畑を作って年貢を納めます分よりも、かえって高うなるそうでございました」

　ことに千駄ヶ谷の百姓地は、水田ではなく畑なため、収穫物の量や質によって一反《いったん》ごとに畑の等級が決められており、その等級にしたがって「一反につき、幾ら」と、金で納めることになっていた。

　今年、千駄ヶ谷に定められた年貢額は、「上々畑」で一反あたり八十九文、「上畑」で一反あたり七十八文、その下の「中畑」が六十四文で、一番下等の「下畑」は四十七文だそうだった。

「牧原どのが場所《ところ》は、元は『下畑』だったそうにございますが、武家の使用地となりますと、年貢の額は一反で百三十文にもなるそうにござりまする」

「ほう。四十七文が、百三十文にも跳ね上がるか……」

　いささか驚いて、十左衛門が呆れたようなため息をつくと、横手から遠慮がちに、年貢などの勘定方に詳しい佐竹が、付け足してきた。

「農地が大名や旗本に買われて、次々潰れてしまいますというと、江戸市中に出まわる野菜や米の量が減りまして、値も高うなりまする。そうした将来《さき》の防止ということもありまして、百姓地を宅地にいたしますと年貢が高うなりますので……」

「なるほどの……」

　佐竹の話に素直に感心したのは、十左衛門ばかりではなかったらしい。

これまでずっと遠慮して、何も言わずに控えていたらしい桐野も、思わず口にしたようだった。

「いや、まことに上手い具合に決められているのでございますね」

「さようさな」

十左衛門もうなずいたが、まずはそれより、捕縛された牧原のことである。

「して、牧原どのが土地のことだが、正式に届けも出し、一反あたり百三十文の年貢も払っておったということは、元の地主の百姓とも、いまだに行き来があるということであろう？　実際、管理はどうなっておったのだ？」

「牧原どののご家中が申されますに、一年に五両がほどを、その管理の代として払《はろ》うておられたそうにございます」

「五両なれば、十分でございましょう」

そう言ったのは、佐竹甚右衛門である。

どこまでもこういったことに詳しそうな佐竹に、十左衛門は期待して訊ねた。

「いや、そうでござるか、佐竹どの。場や広さにもよるのであろうが、相場であれば、いかほどになろう？」

「畑のついでに見まわって、たまに草など刈るぐらいのものなのでございますから、相場であれば、三両二分（三両半）がよいところでござりましょうて」

「さようか……」

ならば牧原の土地の管理をしている百姓も、金の額に文句はないはずである。

「管理の代も十二分に出しておられるというのに、勝手に賭場が開かれるほど荒れ放題にいたしておくとは、まこと、けしからん話で……」

気の好い佐竹は他人事《ひとごと》ながら、腹が立ってきたらしい。

すると、しばらく黙っていた稲葉が、急にぼそりと言い出した。

「牧原どのは、やはり誰ぞに、罠にかけられたのやもしれませぬ」

「では、くだんの目安箱の訴人が？」

桐野が身を乗り出すと、稲葉は大きくうなずいた。

「牧原どのが、千駄ヶ谷を忘れているのを承知の上で、賭場など仕掛けたのでございましょう。つまりは牧原どのの暮らしぶりのほどを熟知している者かと……」

「さようさな」

十左衛門もうなずいて、言い足した。

「となれば、友人や知人の類《たぐ》いか、親類縁者の何者か……。いずれにしても、まずは牧原どのの栄転を快く祝えぬ誰ぞであろうな」

「はい……」

奥右筆組頭から目付への昇格と、常に華々しい牧原を背後から眺め続けて、妬みや恨みをずっと膨らませていたのかもしれない。

こうして話しているだけで、そのどろどろとした暗闇の湿ったにおいが、漂ってくるようである。

めずらしく小さく身震いをして、この先の調査をどう進めるのがよいものか、十左衛門は考え始めるのだった。

七

翌日の昼下がり、十左衛門はわずかに徒目付の本間柊次郎だけを引き連れて、千駄ヶ谷の畑を訪れていた。

管理が悪く、雑草の目立つ二百坪の奥手には、たしかに「中間や下男を住まわせる長屋」めいた建物が建っている。

その建物を前にして、今、十左衛門は本間と二人、年間・五両でこの土地の管理を請け負っているはずの「灸助《きゅうすけ》」という五十がらみの男と話していた。

「こちらで賭場が開かれたと、お役人さまにうかがいまして、正直、肝《きも》が冷えるような心持ちでございました」

たしかに幕府は、武家以外の町人や百姓に対しても、「賭博《とばく》、断じて許すまじ！」という強い姿勢を貫いていて、ことに常習性のある者や、賭場の賃貸しをした者などには、『打ち首』や『遠島』など、厳しい処分を科している。

この灸助という男も、そのあたりを怖がっているのであろう。

その気持ちは判らないでもなかったが、どうもこうして、ただ話をしているだけでも、徐々《じょじょ》に不快感が増してくるような、卑屈さを感じさせる男であった。

「いやまこと、牧原さまにはお気の毒ではございますが、こちらも一味と見られるのではございませんかと、ひやひやといたしました」

「さようか……」

初対面の相手を前に、なかなかここまで不快になることはないのだが、正直こうして返事をしてやるのも、嫌になりかけている。

いつになく十左衛門は、訊き込みに丁寧さを欠いて、こう言っていた。

「管理に五両、出してもらっているわりには、随分とおざなりだな。こうして草など生えっぱなしにしておくから、不逞《ふてぃ》な輩が出入りするようになるのだぞ」

「…………」
灸助の口の先が、ふくれているのを丸出しに、キュッと捻じ曲がった。
「お言葉じゃァございますがね、ご当人の牧原さまが寺銭《てらせん》を稼ごうとしてなさってい
るんでございますから、別に草なんざ生えようが生えまいが、変わりはねえことと思
いますがねえ」
「…………」
と、今度は十左衛門のほうが、口をキュッと捻じ曲げて、嫌味の一つも言いたくな
った。
だがどうやら辛《から》くも思い留まって、よかったようである。灸助は、腹立ちまぎれに
こちらに文句を言おうとして、つい尻尾を出してしまったようだった。
「お城でずっとご老中なんぞにお仕えなすって、さんざ、あれこれいいように頂いて
いなすったくせに、またぞろ、一人でいい思いをしようなんてなさるから、こうして
ツケがまわってきたんでございましょう」
「ほう……。なるほどの」
十左衛門は、さっきとは一転、すっかり話に満足して、さっぱりとこう言った。
「いや、まこと、よい話を聞かせて貰《もろ》うた」

この灸助に、誰がどう尾鰭《おひれ》をつけて話して聞かせたのか判らないが、牧原の前職である奥右筆組頭がどういうお役目であるのか、また今はもう牧原が目付の職に出世して奥右筆ではないことも、灸助はなぜかすっかり知っているのだ。

やはり稲葉が言うように、牧原は罠にかかっているのだろう。

その罠を仕掛けた本命の敵が誰なのかは判らないが、少なくともこの灸助が仲間であることは明白であった。おそらくは、その誰かに金や言葉で丸め込まれて、手助けをしたのであろう。

今はまだ灸助にこちらの意を悟られないよう、脅したり、否定したりはせぬほうが賢明であろうと思われた。

「『灸助』と申したな」

十左衛門はいつものように穏やかに声をかけると、先を続けてこう言った。

「牧原は捕らえたゆえ、もう賭場も開かれることはないであろうが、もしまた何ぞ気にかかることでもあれば呼んでくれ」

「はい」

あちらもすっかり気を良くしたか、灸助は、さっきとは打って変わって素直である。

その灸助を泳がせて、十左衛門は本間と二人、城への帰途につくのだった。

八

一方、稲葉徹太郎は、徒目付組頭の橘斗三郎を配下につけて、奥右筆方時代の牧原について、できるかぎりを調べようと動いていた。

今回の一件は、たぶん牧原に恨みや嫉《そね》みを抱いている誰かが、仕組んだことに違いない。

となれば、過去に何ぞか牧原と揉め事を起こした人物などが見つかれば、手がかりが得られるやもしれず、稲葉と斗三郎は他にも数人、気の利いた配下を選んで、懸命に調べを続けていた。

だがそうして調べれば調べるほどに、奥右筆という役職が、自分たち目付方とは正反対といっていいほどに、金品の集まる仕事であることが判ってきた。

第一、そもそも奥右筆組頭は、役高こそ四百俵でさほどでもないようだが、役高とは別に『役料』と称して、仕事を円滑に進めるための手許金が給付され、その役料が二百俵もあるのである。

その上、さらに奥右筆組頭には、「老中ら貴人の御前に出るからには、衣服のほうも見苦しからぬよう、整えるように……」と、『四季施代《しきせ》』と呼ばれる衣服代が、年に二十四両二分（二十四両半）も支給されていた。

対して、こちら目付などは、さまざまな案件の調査で、折々懐から金が出ていっているというのに、役料の支給はいっさいない。

配下の者たちが調査の際に変装が必要となれば、当然その代を渡してやるし、調査で外に出ている間は、城に戻って賄い飯《まかな》を喰うこともできないから、折々食事は自分の分も配下の分も、自分の財布から出すことになる。

またいざ有事の際には、老中どころか上様の御前にだって参上しなければならないというのに、わずかに宿直明けに朝風呂を浴びて身体を清めておく程度で、衣服のための四季施代など、まったくもってないのである。

そうして何より決定的に違うのは、奥右筆方にはあまりにも『贈り物』の類いが多いことだった。

贈り物は、やれ『お礼』だ、『挨拶』だ、『付け届け』だと、その時々で名を変えて、絶妙な意味合いを有して、奥右筆たちに届けられてくる。

もとより奥右筆方は、組頭の二人を含めても二十人しかいないため、くだんの大名家の留守居役たちは、競争で豪華な付け届けをしてくるようだった。

ことに奥右筆組頭は、すべての上申書に目を通して、自分自身の判断で「この案件は処理を急がねばならないだろう」とか、「こちらのほうは、いま少しお待たせしてもよろしかろう」などと、仕分けることもできる立場にあるため、奥右筆組頭の二名にはどの藩も特別に、『挨拶』と称した金品の贈り物を張り込むことが多かった。

先日、奥右筆の坂田と嶺岸が、最高級の料理茶屋である『松本』で接待を受けて、いい気分で深酒し、泥酔の末に川に落ち、奥右筆の職を水に流してしまったが、こんな酒食の接待などというものは、奥右筆方の者たちにとっては、別段、特別なことでもないということなのだろう。

奥右筆方が、こうして何かと金品の集まりやすい職であるのは判っていたつもりであったが、まさかこれほど自分ら目付方と正反対の様相を呈しているとは、稲葉も斗三郎も、思ってもみなかったのである。

おそらくは他の目付方の者たちも、自分たちと同様に、愕然《がくぜん》とするに違いない。

明日には議題に出されるであろうこの牧原の案件に、他の目付がどう反応するものか、今回ばかりは、先の見通しが利く稲葉でも予想はできなかった。

まるで牧原の秘密を意地悪く、ほじくり出しただけのようでもある。

そんな自分たちの調査の成果を、稲葉は斗三郎とともに、苦く感じるのだった。

九

翌日の夕刻、十左衛門と稲葉のそれぞれから、牧原の一件についての調査の報告がなされると、目付部屋はいつになくザワザワと落ち着かない様子になった。

「……え？　なれば、その『四季施』の代として、毎年決まって金二十四両も下されるという訳で？」

目を丸くしてそう言ったのは、赤堀小太郎である。

「二十四両と二分でござろう」

横手から大真面目に訂正して、小原孫九郎が後を続けた。

「したが赤堀どの、ただ今は、幕府より下される『四季施の代』など、どうでもよろしい。それよりは、諸藩の留守居より受けておられた『賄賂《まいない》』のことだ」

「いや、ちとお待ちください、小原さま」

慌てて小原を止めたのは、佐竹甚右衛門であった。

「いくら目付の内々《うちうち》の話といたしましてしも、そう安易に『賄賂』などと、口にしてしまいましては……」

「されど、諸藩の留守居などという輩が配る金子《きんす》は、賄賂以外の何物でもございますまい」

小原が強く決めつけてそう言うと、一瞬、目付部屋のなかは静かになった。

肯定する者もいない代わりに、はっきりと否定できる者もない。

今、小原が言った通りで、大名家の留守居役などというものは、誰に、いつ、どれだけの賄賂を配れば自分の藩の益《えき》になるかを考えて、動くのが、仕事なのだ。

「なるほどの……」

嫌な空気に変わり始めた静寂を破って、十左衛門が口を開いた。

「なれば、牧原どのは前職で、諸藩から賄賂を受けていた人物であり、我ら目付は、そうした牧原どのの正体も見抜けず、皆の総意で牧原どのをお仲間に選んでしまったと、そういうことになろうかと思うが、よろしいな」

「ご筆頭、それは……」

赤堀が、「何もそんなにはっきりと、口に出して言わなくても……」といわんばかりの声を出したが、十左衛門はその赤堀には答えずに、自分の横に置いてあった文箱のなかから、帳面を四、五冊、取り出した。

「実は今日、摂津守さまからお許しをいただいて、牧原どのに会うてきたのだ」

言いながら十左衛門は、帳面を皆に手渡した。

「これは牧原どのが奥右筆になられた頃より欠かさずに書き留めてこられた、他家からの『頂き物』の覚書だそうでな。これを是非にも皆さまに裁断していただきたいと、さように申しておられた」

「いや、これは……」

と、十左衛門が話す間にも、皆それぞれに自分のところに来た帳面を開いて、見入っている。

その皆に向かって、十左衛門は説明した。

「古い帳面《もの》には『十両』だ、『二十両』だと、たびたび大金も書かれておろうが、牧原どのが組頭に就かれた五年ほど前からは、『一両』、『二両』、また『一両』と、数は多いが、額は少のうなっているだろう？　それは諸藩に等しく頂き物を制限するため、一万石なら一両まで、二万石なら二両までと、牧原どののほうで定めさせてもらったからだそうだ」

右筆の家に生まれた牧原は、物心がついた頃には、すでに父親が奥右筆組頭を務めており、家にしょっちゅう客が来ては、必ず何かしらは置いていき、そうしたものが奥の座敷にたまっていくのを、嫌な気持ちで眺めていたという。

だが自分も十七歳になり、いよいよ右筆の一員として、城勤めをするようになった。とはいえ、最初は奥右筆方ではなく、表右筆の見習いとして入る。そうして始めた表右筆方の仕事は、文面の雛形《ひながた》を覚えねばならなかったり、とにかく文字を読みやすく美しゅうしなければならなかったりと、見習いの身には決して簡単ではなかったが、愉《たの》しい仕事であったという。

そして何より、若い牧原にとって有難かったのは、表右筆には『頂き物』が届かなかったことである。

子供心に「父上がいただいているのは、賄賂ではあるまいか」と悩んでいて、「もしあれが、どれもみな賄賂であったら、きっと父上は捕まって、牧原の家も断絶になるに違いない」と、父にも母にも口に出しては訊けないが、ずっと恐れていたからであった。

だが清廉潔白で愉しかった表右筆の仕事は、六年で終わってしまった。

二十三歳になった春、奥右筆方に一人分の空きが出て、牧原は表から奥へと移されることになったのである。

「牧原どのは、怖かったそうだ……」

初めて味わう奥右筆方は、牧原にとっては恐ろしいものだらけで、まずは御用部屋の上つ方とも直接話さなければならないし、任された案件に、何ぞ不審なところがあれば、自分の足であれやこれやと確かめに行かねばならないから、「右筆」とは名ばかりで、机の前で静かに筆を取る時間などあまりないのが実情であった。

それでも仕事の内容自体には、数をこなして慣れてくれば、恐ろしさはなくなってくる。

だが唯一、どうしても逃げられない「空恐ろしいもの」が、父も昔たんまりともらっていた『頂き物』だったというのだ。

「二十三で奥右筆方に入った頃には、断ろうにも、どう断れば相手を怒らせずにすむものかと悩んで、結句、受け取っていたそうだ」

とはいえ、さすがに牧原も三十の声を聞こうかという頃には、すっかり図太くなっていたそうである。

諸藩の留守居組合に「たまにはいかがでございましょう？」と誘われても、他の同僚に勧めて、自分はなるたけ断ることもできるようになってきた。

そうして三十二歳になった年、奥右筆組頭の席に空きが出て、とうとう昇進することとなった。

奥右筆の仕事は、案件ごとに勘所《かんどころ》が違うから、いつになっても難しくて、やりがいがある。組頭となれば、さらに仕事は煩雑になり、身体はきつくなるであろうが、愉しいに違いなかった。

ただやはり懸案は、『頂き物』のことである。

たった二名しかいない組頭には、諸藩の留守居がどっと集まってきてしまうから、断り方《よう》を考えておかねば、いつか本当に『賄賂』と取られて、自分も捕まりかねないと思ったそうである。

事実、過去の奥右筆方には、そうして『頂き物』にどっぷりと浸かって悪目立《わるめだ》ちしてしまい、切腹を言い渡された事例もあるのだ。

「ほう……」

十左衛門の話を聞き終えて、佐竹は感心したようであった。

「では、それゆえ知恵を絞られて、『一万石ごとに、一両まで』と、お決めになった訳ですな」

「さよう」

佐竹の上手な「合いの手」に感謝しながら、十左衛門は先を続けた。

「この帳面に一つも欠かさず付け続けていたのも、何ぞかあって『捕まる』という段になったら怖いゆえ、ずっと続けていたそうだ」

「いや、なるほど。そういうことでございましたか」

やわらかい笑顔を見せてそう言ってきたのは、桐野仁之丞である。

「『賄賂』ではないのでございますから、『頂き物』はお返しいたせば、大丈夫でございましょう。牧原どのが、帳づけをされていたのも、そのためで」

「いや、まこと、さようにござるな」

赤堀も、朗らかに呼応した。

「すべて書き留めておられるなら、いざともなれば、耳を揃えてお返しもできる」

「さよう、さよう」

と、蜂谷はいささか、はしゃいだ風に笑っている。

すると、今まで何とも言わなかった西根五十五郎が、「ご筆頭」と、不機嫌そうな顔つきで声をかけてきた。

「かようなことは、そも皆で牧原どのを目付に選出いたしました時に、すでにおおよそ判っていたではござりませぬか」

「…………？」

何のことやら思い出せずに、訊ねるような目をした十左衛門に、西根は一つわざと呆れたようなため息をして、こう言った。

「奥右筆になられてより、牧原どのは、ただの一度も『人事』に意見をしないというのが、目付らしゅうてよいだろうと、おっしゃっていたではございませんか。それゆえ皆で、牧原どのでよろしかろうと……」

まだ前任の清川が目付をしていた頃の話だが、十左衛門は次席老中・松平右京大夫に、「彼奴《きやっ》は、こと『人事』となると、うんともすんとも言わなくなるのだ。まこと、そなたと同様、可愛げのない奴よ」と、牧原の話に絡めて自分まで文句を言われたことがあったのである。

それをつと思い出して、新任に牧原を選ぶ際、そういえば口にも出したのだ。

「おう、そうだ！　そうであったな」

「…………」

言われてやっと思い出して、嬉しそうな顔をした十左衛門を前にして、西根は苦りきっている。

「なれば、ご筆頭。この後《のち》はいかにして『牧原どのの無実の証《あかし》を立てるか』にござりまするが……」

そう言ってきた稲葉だが、実際のところ、それがしごく難しいということを十左衛門と二人、痛感している。

賭場を開いていた者たちを、くだんの晩に、その場で捕まえておけばよかったものを、側用人の主殿頭の家臣たちは、「牧原を捕らえるためには、今はまだ泳がせておいたほうがいいであろう」として、賭場のほうにはいっさい触れずに帰ってしまったのだ。

今は唯一、あの地主の灸助が、いつかどこかで不審な者と繋がらないかと、連日、見張りを立てているところで、だが斗三郎からも、本間からも、はかばかしい報告は上がってこないのだ。

「万が一にもこのままに、牧原どのの証が立たねば、やはり流罪は免れぬか……」

めずらしく小原が気弱につぶやいたが、現実はそう甘くはない。

十左衛門は小原のほうに向き直って、はっきりとこう言った。

「もとより屋敷を賭場に貸せば、切腹と相なりましょう。その上に牧原どのは『武家の鑑《かがみ》となるべき』の目付でございますから、御家断絶はむろんのこと、おそらくは牧原どののご嫡男やご次男も将来は流刑となることと……。縦《よ》し、さような次第と相なれば、目付筆頭として、不肖《ふしょう》、拙者も責《せき》を負う心積もりでござりまする」

「…………！」

どうしようもない焦りに、小原はガッと怒りが込み上げたようである。

「何にせよ、救わねばならぬ！」

「はい」

十左衛門も力強くそう言って、ようやく一つになった目付たちに、一人ずつ目を合わせてうなずくのだった。

第五話　表裏《ひようり》

一

前夜からやまない五月雨《さみだれ》(梅雨)が、昼を過ぎても尚、しとしとと降り続いていたある日の昼下がりのことだった。

目付方ではいまだ牧原を救う手立てが見つからず、日に日に焦燥の色が濃くなっていたのだが、そんな目付部屋に、

「武家地の路上で、幕臣旗本の行列が襲われた」

との急報が入ってきた。

報せを持って駆け込んできたのは、徒目付の高木与一郎である。

対してその日、当番で目付部屋に詰めていたのは、小原孫九郎と桐野仁之丞の二人

であった。

「場所《ところ》は、牛込御門近くの番町の外《はず》れだそうにございまして……」

城へ報せに来た辻番所の者の話によると、今日昼頃、何やら急に遠くから「わーっ」「ぎゃーっ」と男たちの叫び声が聞こえてきたため、声のするほうへと見に行ったところ、旗本屋敷が建ち並ぶ道をふさぐようにして、全部で九人ほどの武士や中《ちゅう》間《げん》たちが斬られて倒れていたという。

「その九人を斬って逃げたと見える侍たちが、およそ三十人余り、飯田町のほうへと駆け去っていくのを見たそうにございますが、とにかく皆が皆、斬られて倒れておりまして、満足に話のできる者がおらぬようで、いまだどこの家の者かも判らぬそうにございまして……」

「して、斬られた者らは、今どうしておるのだ？」

小原が問うと、

「それが……」と、高木はわずかに口ごもった。

「刃傷沙汰《にんじょうざた》を聞きつけて、近所の旗本屋敷の者たちが出てきたそうにございまして、皆で介抱し始めていたそうなのですが、はたしてそれで助かりましたかどうか……」

「では小原さま、私が、これより見てまいりまする」

そう言って、後輩目付の桐野がサッと立ち上がった。

こうした有事の際には当番目付は二手に分かれ、一人が現場に急行し、一人は城に残ることになっている。

「うむ。なれば、桐野どの。よろしゅう頼む」

「はい」

桐野は徒目付の高木とともに目付部屋を出ると、玄関外で待っていた辻番所の者の案内で、小雨のなかを急ぎ現場へと向かうのだった。

はたして、桐野が高木ら数人の配下とともに番町の現場に急行すると、路上には、いかにもここで大きな刃傷沙汰があったと見て取れる流血の跡が、大小あちらこちらに散らばって、静かな雨に滲《にじ》んでいた。

とはいえ血の跡があるだけで、怪我人は、すでにどこかに運ばれたものか、路上には残っていない。

現場にいたのは、辻番所の番人と見える二人の壮年の男たちだけで、辻番所仲間が城から「御目付さま」を連れて戻ってきたと見るや、駆け寄ってきて頭を下げた。

「目付の桐野仁之丞である。して、怪我人はどこだ？」

「このあたりのお旗本の皆さまがこぞってお助けくださいまして、それぞれに、こちらは一人、こちらは二人というように連れ帰り、お屋敷内《うち》で手当てしてくださっておりますので」

「さようか。なれば、片っ端から訪ねてまいろう。まずは、どこだ?」

「倒れていた方々のなかにお一人だけ、裃《かみしも》を着けていらした方がございました。よろしければ、そちらを先に……」

「うむ」

九人もいるなかで、一人だけ裃を着けていたというのであれば、まずそれが間違いなく旗本の当主であろう。

「なれば、案内《あない》を頼む」

「ははっ」

通りの左右には、大小さまざまに旗本屋敷が連なっている。

辻番所の者に導かれて、桐野らは、そのうちの一つに入っていくのだった。

二

裃を着けた人物を預かってくれていたのは、寺井辰右衛門《てらいたつえもん》という家禄・八百石の小普請旗本の屋敷であった。

「こちらにて、ござりまする」

目付の来訪とあって、寺井は自ら桐野たちを案内して、離れになっている座敷へと連れてきた。

「いや、これは……」

一目見るだに、生死の境という風《ふう》である。

桐野が思わず息を呑むと、横で寺井も、沈鬱《ちんうつ》な表情でうなずいた。

「医者が申しますにも、今日明日が峠《とうげ》というところかと……」

すでに寺井が医者を呼び、応急の手当ては済ませてあるということで、怪我人は布団に寝かされており、看病のための若党までつけてくれてある。

だが布団から出ている頭や肩には、晒《さらし》（包帯の白布）が幾重にも巻かれていて、その厚い晒を突き通して血が滲んでいる。

頭の傷から血が流れたか、顔面は血だらけで、おまけに高熱が出ているらしく、呼吸も荒くうなされていた。

「おそらくは幾人もを相手に、太刀打ちなさったのでございましょう。お身体や手足のほうも、傷だらけでございましてな。さすが武勇の『御先手《おさきて》のお頭《かしら》さま』だと、我が家中の者たちとともに感服いたしておりました」

「えっ？」

と、目を丸くしたのは桐野である。

「なれば、この御仁がどなたか、ご素性が知れましたので？」

「はい。つい今しがた、近隣のお屋敷のどこぞから報せが入りましたようなのですが、何でも『御先手弓頭』の仙道《せんどう》さまとおっしゃるそうにございまして」

この「仙道何某《なにがし》」の供揃《ともぞろ》えだったのであろう他の八名の怪我人のなかには、用人や若党らしき侍の格好の者たちばかりではなく、中間《ちゅうげん》も数人含まれていて、そうした中間の怪我人の一人を、近所の旗本屋敷の中間が、たまたま見知っていたらしい。

一年、二年と契約の期間を決めて、あちこちの大名家や旗本家を渡り歩く者たちを、俗に「渡り中間」などと呼ぶのだが、以前に一度、同じ旗本家に勤めたことがあるそうだった。

　そんな渡り中間の一人が、「あれは『太助《たすけ》』と申しまして、今はたしか、御先手弓頭の仙道さまのところの『槍持ち』をしていたかと……」と、自分の主人に注進してきたため、素性が判ったということだった。

「さようでございましたか……。なれば、梶山。すぐに誰ぞ、仙道家に使いを」

「はっ」

　すると梶山が命じるまでもなく、配下の小人《こびと》目付の一人が気を利かせて、自ら席を立っていった。

　その配下を見送ると、桐野は幕臣を統括する目付として、寺井に向き直った。

「急ぎ仙道家より迎えが来ることとは存じまするが、この様子では動かせぬやもしれませぬ。難儀をおかけいたしますが、どうか、いましばらく……」

　桐野が低頭すると、目付に頭を下げられて、寺井は慌てたようだった。

「いや、武士は相身互《あいみたが》い、とにかく今は仙道さまが、このままご回復なされば何よりでございますので」

「かたじけない……。なれば、ちと仙道さまのご家中のご様子を見てまいりまする」

　そう言って、桐野が立ち去ろうとした時だった。

「あの、桐野さま」

と、寺井が引き止めてきた。

「実は、ちと気になることを、東庵《とうあん》先生がおっしゃっておりまして……」

東庵というのは、仙道を診てくれた医者である。

数件先の旗本家の遠縁で、その家の離れを間借りしている町医者だそうなのだが、さすが武家町に寄宿しているだけあって、金瘡《きんそう》（刀傷）の手当てを得意としているそうだった。

その東庵が言うには、先手弓頭の仙道は、全身に返り血を浴びているというのだ。

「言われてみれば、たしかに顔から身体から、前面ばかりがベッタリと血まみれで、とてものこと、ご自身の傷から出たものばかりではございませんかと」

「なれば、襲ってきた相手を斬ったということか……」

独り言のように桐野がつぶやくと、寺井は大きくうなずいた。

「これほどに返り血を浴びたとなれば、敵も無事ではございますまい。そのあたりが敵側を探す見立てに、お役に立つのではございませんかと」

「はい。有難う存じまする。これで、必ず……」

高熱と痛みに苦しんでいる仙道の顔を全面染めて、仇《かたき》の血はどす黒くなっている。

何の仔細があったのかは判らないが、敵側が仙道ら一行を皆殺しにしようとしたことは明白で、だからこそ三十人余りもの手勢を集めて、一気に九人を斬りにかかったのだ。

その敵側の殺意は、他の旗本家に運び込まれた残りの八名を見るにつけ、いよいよ恐ろしく感じられた。

仙道家の行列に加わっていたと思われる家臣八名の内訳は、侍身分の者が五名と、中間が三名である。その士分五名のうちの一名は、おそらくは『用人』で、なかなかに立派な羽織袴《はおりはかま》を身に着けた、五十がらみの恰幅《かっぷく》のよい男であった。

他の四名は『若党』とおぼしき者たちであったが、実に、この四名のうち二名もが斬り殺されていたのである。一人は四十半ばと見える者で、もう一人は、まだ二十二、三であろうと思われる若者であった。

幸いにして今は呼吸《いき》がある者たちも、容態《ようだい》は、主人の仙道と同じようなもので、意識がはっきりしている者は一人もいない。

ことに用人らしき五十がらみは、背中を斬り下げられた『袈裟懸《けさが》け』が致命傷のようになっており、医者の東庵の見立てでも、「この御仁が、もっともあぶない」とのことだった。

まだいっこう事件の真相は見えないが、死人が出るほどの刃傷沙汰ゆえ、とにもかくにも途中経過を報告しなければならない。

高木と数人の配下を残すと、桐野は残りの者らとともに、城へと戻るのだった。

三

先手弓頭・仙道魁之介柾兼《かいのすけまさかね》の屋敷は、襲撃された現場からは、牛込御門前の橋を神楽坂《かぐらざか》に向けて渡ったその先に広がる、新小川町《しんおがわまち》の武家町のなかにあった。

この仙道家を訪ねて、桐野が事情を聞いたのは、翌日のことである。

仙道家では目付方より報せを受けて、昨日の夕刻、あわてて現場に駆けつけたそうなのだが、主人の魁之介をはじめとして息のある七人全員がすぐには動かせない状態にあるのを知って、愕然としたらしい。

怪我人を預かってくれている旗本家それぞれに心より感謝して、看護のための若党や中間を派遣するとともに、お礼の金品を揃えて配ってまわったということだった。

「昨日はお医師の東庵さまに『峠、峠』と繰り返されたものでございますから、夜中、主人に付き添うておりましても、生きた心地がいたしませんで……。今朝になって、再び診ていただいたところ、『皆、何とか峠は越したようだ』とお言葉をいただいて、ようやく安堵いたしました次第で……」

訪ねてきた桐野を相手に話しているのは、「楠田《くすだ》」と名乗る四十半ばほどの侍で、仙道家の用人だそうである。

昨日見た五十がらみの恰幅のよい怪我人は、どうやら仙道家の用人ではなかったらしい。

「いやしかし、まことにもって、ようございました」

昨日の一種、絶望的にも思われるほどの容態を知っているから、桐野からも安堵の笑みが出た。

その桐野に向かって、楠田は驚くべきことを言い始めたのである。

「しかして桐野さま、実を申せば、主人の他の八人のうち五人ほどしか、我が仙道家の家中の者はございませんので」

「…………？」

何のことやら判らず、一瞬、返事をしかねていた桐野に、楠田はつと身を寄せて、声を落とした。

「壮年のあのご立派なお方は、下野烏山藩《しもつけからすやまはん》・江戸家老の沢波《さわなみ》さまとおっしゃいまして、もう一方《ひとかた》、亡くなられた方のうち年嵩《としかさ》のほうが、種田《たねだ》さまとおっしゃる藩のご重役なのでございます」

昨日、仙道家の一行があの現場を通ったのは、鳥山藩の沢波と種田を連れて、城へ嘆願に参上する途中だったというのである。

そも役高・千五百石の『先手弓頭』や『先手鉄砲頭』は、「先手」という字が示す通り、戦《いくさ》の際に徳川軍の先鋒隊《せんぽうたい》として戦う、名誉ある御役である。

先鋒隊といっても、騎馬や歩兵の通常の軍隊ではなく、弓や鉄砲といった飛び道具を使って敵軍の出足を挫《くじ》く特殊な隊で、いざ戦となれば常に最前線に置かれるため、他の番方の頭に比べても、『先手頭』には、ことさら剛《ごう》の者が選ばれた。

この『先手弓頭』や『先手鉄砲頭』たちに、幕府は諸藩の大名家に対して最前線に立つ者として、「取り次ぎ役」を命じていた。

諸藩から幕府へ向けて嘆願や陳情がある場合には、必ずその「取り次ぎ役」を通さねばならないし、また逆に、幕府から諸藩に向けて禁令や命令を出す場合にも、取り次ぎの先手頭を通して、諸藩の上屋敷に通達させた。

その先手頭は、今は『弓組』が八組、『鉄砲組』が二十組ある。

二百数十家もある大名家は、おのおの必ず自家の「取り次ぎ役」として頼みの『先手頭』を決めており、今回の下野鳥山藩も、自家の頼みの筋として先手弓頭の仙道家に、嘆願の取り次ぎを頼んだという訳だった。

「して、その嘆願とは、いかなもので？」

次第に見えてきた話の筋に喰いついて桐野が乗り出すと、仙道家の用人・楠田は、ここで更に声をひそめた。

「現藩主・大久保山城守忠卿《おおくぼやましろのかみただあき》さま『押し込め』の、許可《ゆるし》の嘆願にてござりまする」

「………！」

と、桐野はあまりに驚いて、絶句していた。

武家において『押し込め』といえば、その家の家臣たちが現主人を無理に捕らえて、幽閉することである。

通常、武家では『家の当主』である現主人の存在は絶対的なものであり、いくら主人の言動や治世が気に入らなくても、家臣の側が徒党《ととう》を組んで主人を幽閉するなどということは有り得ない、というのが常識なのである。

つまりはその常識に逆らってでも「主人の素行を止めなければならない」と、家臣たちが不退転《ふたいてん》の決意をし、『押し込め』という形で主人の自由を奪うことを、幕府にも承認してもらおうとするものだった。

「昨日の襲撃は、まさに江戸家老の沢波さまに同道しての登城の最中《さなか》にございましたゆえ、おそらくは押し込めを『良し』とせぬ烏山藩の一派が、幕府に嘆願を出させまいとしていたしましたものかと」

「……さようにございましたか」

つまりは大名家の御家争いに巻き込まれた形で、幕臣の仙道家が被害をこうむったということになる。

大名を管理するのは大目付方の担当ゆえ、「目付方が出しゃばるな」と、また文句を言われるかもしれないが（第一巻「第一話　城なし大名」）、こちらも幕臣を監察・監督する目付ゆえ、たとえ大名家の内紛であっても、黙っている訳にはいかなかった。

桐野は目付十人のなかでは一番若く、その「若輩であること」を常に心得て行動しているため、おとなしい印象を持たれがちではあるのだが、頭の回転がすこぶる速くて処理能力に優れている上、義に篤《あつ》い性質《たち》だから、「戦わねばならない」と心を決めると、自分の進退をかけてでも、道理を通すべく意見を曲げない。

今回も、どうやらそうした「おとなしくはない内面」が顔を出し始めたようだった。

「して、現藩主・山城守さまには、何が……？」

桐野が訊きたいのは、山城守忠卿の一体「何」が、押し込めに値するほど悪いのか、ということである。

　すると、仙道家の用人・楠田も、自身の主人や家中の者が怪我をさせられた恨みもあってか、はっきりと口にしてきた。

「分《ぶん》に不相応なる猟官《りょうかん》を推《お》し続け、ここ幾年かの間に、千両、万両という金子《きんす》をいように諸方にばら撒いて、藩を一気に傾けたそうにござりまする」

　楠田の言いようは、まるで罪人に対するもので、一藩の大名に対しての物の言い方ではない。そうして、先を続けて、こう言った。

「こたびの『押し込め』につきましては、すでに隠居しておられる先代のご藩主さま、今の山城守さまのお父上さまもご納得の上でのことと、相伺《あいうかが》っておりまする」

「いや、さようでござるか。なれば、話は早い」

　隠居しているとはいえども、実の父親である先代が、息子の非を正そうとしているというなら、幕府としては扱いやすい。

「これよりさっそく城に立ち戻りまして、大目付方より然《しか》るべく、相計《あいはか》らっていただきましょう。その上で、こちら仙道家ご家中がこうむられた被害については、不肖《ふしょう》、目付の私が、評定の場にて抗議をいたしたく存ずる」

「いえ、桐野さま！　それは、しばしお待ちのほどを……」

　楠田はあわてて押し止めると、烏山藩の内情の説明を始めた。

「ご先代が承知とは申しましても、実際にいらっしゃるのはお国許《くにもと》でございます。また現藩主・山城守さまが家督をお継ぎになったのは、十年も前だそうにございまして、とてものこと『大御所《おおごしょ》』などという風には、お力がある訳ではございませんようで」

現藩主・大久保山城守忠卿が家督を継いだのは、まだ十三歳であった十年前。

この幼君を支えて、当時は国許の家老であった沢波も、滅私《めっし》して藩を盛り立ててきたそうなのだが、どうやら直《じか》に忠卿に接して、身のまわりの世話をしたり、教育を施したりしていた側近や学問の師匠に、子供らしく感化されてしまったらしい。

幼い頃から学問好きだった忠卿は、藩祖である祖父・大久保佐渡守常春《さどのかみつねはる》を大いに敬《うやま》っていたのだが、十三歳で藩主となり、側近に囲まれて江戸で暮らすようになってからは、「若年寄や老中にまで昇りつめた祖父のようになりたい」と、本気で出世を熱望するようになったという。

「老中職に上がるには、まずは『奏者番《そうじゃばん》』や『寺社奉行』を狙わねばならないと、常々豪語《ごうご》なさっておられたそうにございますゆえ」

と、用人・楠田の忠卿批判は、どこまでも手厳しいものである。

「そうした風でございますから、今ことに江戸の上屋敷におられるご家中は、忠卿さまのお取り巻きばかりだそうにございまして、よしんば大目付さまより、お取り調べがございましたところで、敵方の沢波さまは口も利けずにおられますゆえ、何とでも言い逃れはできましょうかと……」

現に今も怪我人を預かってくれている旗本家に、「看病のため」と称して、仙道家の家中の者を数人ずつ送り込んでいるのだが、これは看病のためばかりではなく、「江戸家老の沢波に止《とど》めを刺そう」と烏山藩から再び刺客《しかく》が来ることを警戒して、仙道家のなかでも剣の腕が立つ者を揃えて配備したということだった。

「襲われた九人のうちの三人は、仙道の家の者ではございませんが、沢波さまや種田さまを我が家中と偽《いつわ》っておりますのも、沢波さまを忠卿さまの手中に戻せば亡き者にされるのが判っているからでございます。種田さまはお気の毒でございましたが、沢波さまだけは、何としてもお守りせねばと」

「ん？　ちとお待ちくだされ。今たしか、三人と……」

楠田はたしかに「三人」と言ったくせに、もう一人の名はいっこうに出てこないのである。

すると楠田は、またも思い切った推論を口にした。

「いま一人は、すでに斬られて死んでいた二十二、三の若党でございますが、これはおそらく敵方の者で、襲ってきたところを、我が殿《との》・仙道魁之介が斬り捨てたものにてございましょう」

「いや、なんと……」

そういえば、昨日、町医者の東庵が、仙道家の主人である魁之介が返り血を浴びているることに気がついて、「敵方の誰かを成敗したに違いない」と言い当てていたのだ。

「なれば楠田どのも、あの返り血に気がついて『ご当主が成敗なさった』と……?」

桐野が訊くと、楠田も大きくうなずいた。

「額から真一文字《まいちもんじ》に斬り下ろしておりましたので、まともに返り血を受けたものでございましょう。いかにも殿らしい太刀筋でございました」

「さようでございましたか」

どうやらこれで、おおよそのところは見えてきたようである。

桐野はこの先を考えて、目付方として提案した。

「しからば、目付方《こちら》は、あのあたりの辻番所のすべてに、番人として目付方の配下を忍ばせておきましょう。敵方に何ぞ怪しき様子でもございましたら、近場の辻番所にお報せのほどを……」

「承知いたしました」

楠田の返事は頼もしいものである。

幕臣である先手弓頭の仙道家が、こうして家中総出になって懸命に「取り次ぎ役」を相勤めようとしてくれていることを、桐野は目付として、有難く嬉しく、また誇らしく思うのだった。

四

「したが桐野どの、そうして楠田と申す者の主張ばかりを鵜呑《うの》みにするのも、剣呑《けんのん》というものではあるまいか」

桐野に意見してそう言ったのは、筆頭の十左衛門である。

今、十左衛門は目付部屋で、あの襲撃の一件について、桐野から報告を受けていたところであった。

「はい。実は私もそう思いまして、今、高木らに命じて、まずは山城守さまが如何《いか》ように猟官なさっていたものか、調べさせておりまして」

「いや、さようであられたか。申し訳ない。まこと、ちと先走ってしもうたな」

「いえ、いえ」

どうやら桐野はいっこう気にはならないようで、まるで冗談でも言い合った後のごとく、屈託のない笑顔を見せている。

その桐野の笑顔に、今の自分がどれだけ余裕を失っているのか改めて気づかされて、十左衛門は思わず苦笑いになった。

「いや、実を申せばこちらなど、いっこうに出口の見えぬ有様でな。稲葉どのと二人、何としてでも牧原どのを救わねばと、あの灸助に見張りをつけて、何ぞ異様な動きをせぬものか待ちわびておるのだが……」

だが今や幕府が、『何人《なんぴと》も立ち入るべからず』と立て札を立てた牧原の抱え屋敷に、灸助や賭場《とば》の胴元が近寄ってくる訳もなく、灸助の自宅のほうにも見張りをつけて、逐一、尾行もしているのだが、何の収穫もないというのが現状であった。

「他方、牧原どのに恨みを抱いている者がおらぬかと、そちらも探してはおるのだが、どうも実際、奥右筆方からポンと目付になったゆえ、要らぬところで、あれこれ言われておるようでな……」

奥右筆組頭の頃には、いいように付け届けも得ていたくせに、ああして目付になったとたん、まるで昔などなかったように自分だけ純潔そうな顔をして、あれでは以前、牧原に付け届けをして何とか出世の口を開こうとしていた者は丸損だ、などと下馬所《げばじょ》でも、さんざんな言われようらしい。

「はい……。私も家臣から、実はさように報告は受けておりました」

桐野もそう言って、目を落とした。

下馬所というのは字の通り、馬に乗って登城してきた武士たちが、馬を下りる場所である。

江戸城の正門ともいえる『大手門《おおてもん》』の前に下馬所はあり、その大広場に、大名や旗本、御家人のお供のほとんどが馬と一緒に残されることになるのだが、主人が城勤めを終えて帰ってくるまで、何刻も待ち続けなければならないため、他家のお供の家臣たちと、さまざまに噂話をするのが、彼らの唯一の楽しみだったのである。

その下馬所の噂話に、当然のごとく、牧原の話も入っていたという訳だった。

「ですがご筆頭、どうも私、よう判らぬのでございますが、諸藩の留守居というものは、配る金子に余裕があれば、同じ奥右筆方のなかだというのに、あちらにもこちらにも配っておくものなのでございましょうか？」

「うむ……。たしかに、よう判らんな」

十左衛門も眉をしかめて、うなずいた。

桐野が例に挙げたのは、以前、奥右筆方の坂田と嶺岸が、深川の料理茶屋『松本』で大名家から接待を受けて深酒し、川に落ちたあの一件のことである。

その時に名の出た大名家が信濃の高遠藩と、下野の烏山藩で、このことを思い出した桐野は高木にも相談し、主君・忠卿の出世を目指す烏山藩が接待に使うのは、やはり『松本』のような、今、江戸で「最高級」と言われる料理茶屋ばかりであろうからと、そうした店で一体誰を接待し、一回にどれほどの額を使っているものか、まずはそのあたりから探っている最中なのである。

「ですがその、くだんの坂田と嶺岸の一件で、実は前からどうも腑《ふ》に落ちないことがございまして……」

桐野が言い出したのは、川に落ちた奥右筆の焙《あぶ》り出しに、牧原が「浅沼弥五郎」という奥右筆に協力を頼んだことについてであった。

「あの時は、たしか浅沼どのが、奥右筆方のなかから『顔つきや素行が、いつもとは違うゆえ、あの二人でございましょう』と看破して、坂田・嶺岸の両名が見事に焙《あぶ》り出されてまいりましたが、どうもあれほど上手《うま》くいくというのが、少しばかり胡散臭《うさんくさ》くも感じまして……」

牧原の推薦した人物ということもあり、桐野は言いづらそうにしていたが、つまりは何ぞ「浅沼弥五郎」という男に、疑いを持っているということだろう。

十左衛門は、ずばり桐野に斬り込んで、こう訊いた。

「もしやして、浅沼自身、坂田や嶺岸と同様に『松本』で接待を受けていたのではないかと、お思いか？」

「いえ……。そうもはっきり、言える訳ではございませんのですが……」

「いやな、実際、儂《わし》もあの段では、チラリとそう疑《うたご》うたのさ」

そう言って、十左衛門は改めて、桐野に向き直った。

「だが、いざ坂田と嶺岸の二人を捕まえて、仔細をすべて吐かせてみても、結句、浅沼弥五郎の名は出なかったゆえな。接待で深酒をして川に落ちただけならともかく、あの書状を両藩の留守居に写させていたのが発覚したのだから、もしその場に浅沼もおったなら、坂田も嶺岸も黙ってはおらぬであろう」

「さようでございますね……」

桐野も大きくうなずいた。

「ただやはり、日頃の素行や顔色のみで、ピタリと奥右筆方のなかから言い当てたというのが、どうにも納得ができかねまして……。もとより烏山藩の頼みの奥右筆であった坂田らが二人、ともにいなくなったということもあり、探る手がかりが少のうございますので、浅沼どのに賭ける気持ちで、そちらも探らせておりまする」

「うむ……。なれば、どのみちはっきりと、あの一件に浅沼が関わっていたか否かも判ろうからな。桐野どの、よろしゅう頼む」

「ははっ」

だがこの時は、まださほどにも重視していなかった浅沼に、とんだ繋がりが発覚したのは、それからたった三日の後《のち》のことだったのである。

五

その日、桐野からの命《めい》で、浅沼の屋敷の出入りを見張っていた徒目付の高木与一郎は、自分のいる辻番所の目の前を、よく知る顔が横切っていったことに驚いた。

よく知る顔というのは、他でもない、徒目付としては後輩にあたる「本間柊次郎」本人である。

高木が見張りに使っていたのは、浅沼の屋敷からは五軒ほど離れた向かい側に位置する辻番所で、番所のなかに隠れて見張るには、まずまずの場所といえる。

その辻番所の前を、真剣に前を見つめて歩いている本間柊次郎が通った訳で、驚いた高木は、柊次郎の後ろ姿をあわてて目で追っていた。

見れば、どうやら柊次郎は、自分より前を歩く男を尾行してきたようである。

　すると、まさかとは思いながらも、半ば高木が予想していた通り、柊次郎が追ってきた男は、浅沼弥五郎の屋敷の潜《くぐ》り戸を抜けて、なかへと消えていったのである。

「柊次郎！」

　辻番所から顔を出して、小声ながら呼び寄せると、本間柊次郎はびっくりした顔をして、すぐに辻番所のなかへと飛び込んできた。

「高木さま、どうしてここに？」

　いまだ目を丸くしている本間に、高木与一郎は、上司の御目付さま方々には決して見せない悪戯《いたずら》っぽい笑顔を見せた。

「『どうして』と言うなら、俺のほうだ。いつになく、おまえがクソ真面目な顔をして横切っていったゆえ、我が目を疑ったぞ」

「高木さま……」

　実はこうしてからかわれるのは、いつものことで、慣れている本間もいつものように唇を尖らせて、わざとふくれて見せている。

　その後輩に、今度は優しく笑って見せてから、高木は本題に入った。

「して、今のあの百姓は、くだんの『灸助』か？」

「はい」

と、本間も真面目な顔に戻って、うなずいた。

「これまでも、町場のほうにはちょこちょこと出かけることはあったのですが、こうしてはっきり武家の屋敷を訪ねていきましたのは、今が初めてでございまして……」

そう言いさした本間が、つと先輩の顔を覗き込むようにした。

「まさかとは存じますが、今、灸助が消えました屋敷が、浅沼弥五郎の？」

「その『まさか』よ……」

高木も、神妙な顔でうなずいた。

そも徒目付は、今は五十人もいる上、皆それぞれに案件を抱えて忙しいから、自分以外の徒目付がどんな仕事に就いているのか、全員が互いのことを知っている訳ではない。

だがこの二人に関しては、同じ案件で一緒に動くことも多いため、仲が良く、お互いが今どんな案件で動いているのか、知っていることが多いのだ。

ことに今回、二人が関わっている案件は、どちらもしごく重大なものである。

一方の本間は「牧原さまの無実を明かさねば、切腹になってしまう」と必死であり、高木のほうの一件も、白昼堂々、幕臣が襲撃された上、自分の調査如何《いかん》では、大名家に激震が走ることになる。

そうして何よりこの二つの案件が、「浅沼弥五郎」という男を介して繋がってしまったことが、驚きであった。

「何がどう繋がっておるやら判らぬが、どうも嫌な感じになってきたな」

「はい……」

二つを繋げた浅沼は、よりにもよって、今、窮地に立たされている「牧原さま」が信頼している人物なのである。

一方、あの灸助が、牧原の抱え屋敷で開かれた賭場に関係していることも、明白なのだ。

牧原がらみであるゆえに、これ以上、迂闊《うかつ》に物が言えなくて黙り込んでいたが、そんな二人の気持ちを尻目に、浅沼の屋敷の表に動きがあった。

「高木さま！　彼奴《きゃつ》め、もう出てまいりましたぞ」

「ああ……」

二人が凝視している先には、また潜り戸から出てきた灸助の姿があった。

その灸助がどうやらこちらのほうへ戻ってきそうなのを見て取って、二人は辻番所の奥に隠れたが、灸助が前を通ってしばらくすると、本間が立ち上がった。

「なれば高木さま、何ぞ判りましたら、すぐにお報せにまいりますゆえ」

スッと何気ない風で外に出ていくと、本間柊次郎は、かなり前を歩いていく灸助の背中を追って、通りを歩き出すのだった。

「では……」

「おう、頼む」

六

本間柊次郎から、十左衛門と稲葉が詳しく報告を受けたのは、翌日のことだった。

あの後、本間に尾行されているとも知らず、灸助は深夜まで、やりたい放題であったという。

浅沼の屋敷は小石川にあるのだが、灸助はそこを出ると、早稲田村にある自分の家には戻らずに、小石川の外れにある『伝通院《でんづういん》』という大寺院の門前に広がるにぎやかな町場で、しこたま呑み始めたのである。

伝通院は、神君・家康《いえやす》公の生母である「於大の方《おだいのかた》」や、二代・秀忠《ひでただ》公のご息女で、一度は豊臣《とよとみ》家にも嫁《か》された「千姫《せんひめ》」の御霊《みたま》を預かる菩提寺である。

周囲には末寺や末院が多く集まり、江戸のなかでもかなり大きな寺社地の一つを形成しており、その参拝客を狙って、門前町も発達していた。

大通りから一つ逸《そ》れれば、場末の呑み屋も遊女屋も、たくさんある。

だが灸助は、どうやら「呑む」の一辺倒らしく、あちらで呑んで管《くだ》を巻いては店の女に嫌な顔をされ、そこを出て、また他で呑み直しては、店にいた別の客たちに絡んでいる。

尾行に慣れている本間柊次郎は、もとより城の役人なんぞに見えないように、袴《はかま》は穿《は》かず、浪人者のように着流しで歩いているから、灸助の後を追って、そうした店にも簡単に入ることができた。

そこで本間は、大声で「お城の平《ひら》役人」とやらの悪口を言う灸助の声を、はっきりと聞くことができたのである。

「いや、まこと、店の女房に追い出されるだけのことはあり、同じことを幾度も言っては他の客たちに絡みまして、それはしつこうございました……」

今、十左衛門は稲葉とともに、本間からの報告をゆっくりと聞けるよう、目付方の下部屋のほうに移ってきている。

その本間柊次郎から、つい先ほど初めて浅沼と灸助の二人が繋がったことを聞き、十左衛門も稲葉も、しごく驚いたところであった。

「して、実際、灸助は、どう文句を申していたのだ？」

めずらしく待ちきれぬ様子で、横手から稲葉が口を出した。

「はい。さすがに『城の平役人』とか『小役人』などと言うだけで、『浅沼』とはっきり名まで出す訳ではないのですが、あれはもう明らかに『浅沼弥五郎』のことでございまして……」

さっき会った旗本は、さすが城のなかでも「役付き」にはなれない「平役人」なだけあって、しみったれてやがると、しつこく騒ぐ内容を簡潔にまとめれば、それだけのことだった。

「どうも、いつからもらっておるかは判りませぬが、おそらくは前に幾度か浅沼から二分《ぶ》（一両の半分）ずつをもらったことがあるようで、その他にも一度は五両もらったようにございますが、灸助いわく『五両なんてのはそれっきりで、今日はまた、しみったれて二分だけだ』と、しつこく打ち騒いでおりました」

「ほう……」

と、真っ先に声を上げたのは、稲葉である。そうしてやおら十左衛門のほうに向き直ると、こう言った。

「なれば、その『一度きりの五両』と申しますのが、おそらくは、牧原どのが場所《ところ》で賭場を開く手伝いをいたした時でございましょうな」

「うむ」

十左衛門もうなずいたが、その顔は沈鬱である。

「これで浅沼弥五郎が、牧原どのを窮地に立たせんと画策したのは明らかだな……」

「はい……」

稲葉も目を落としたが、その辛《つら》そうな顔のまま、いきなり言い出した。

「実は私、牧原どのと浅沼の関わりについて、ちと調べておりました」

「え？　では、やはり稲葉どのも、浅沼が『坂田や嶺岸』について言い当てたことに、不審を抱かれてござったか？」

「はい……」

稲葉が訊き込みをかけたのは、城内の噂に詳しい表坊主方であった。

まず最初は幾人か、自分自身が見知っている表坊主たちに声をかけ、「浅沼弥五郎について、何ぞ知っていることがあったら教えてくれ」と頼んだそうなのだが、「はい。さようなことでございましたら、喜んで」と愛想よく答えてくるわりには、たいしたことは教えてくれない。

たとえば浅沼弥五郎が「今年、四十三歳になった」ということや、「表右筆から奥右筆に上がったはいいが、もう十八年も平《ひら》のままだ」ということ、「それでも浅沼家のなかでは、今の当主である弥五郎が一番の出世頭で、たとえば先代だった弥五郎の父親は、とうとう平の表右筆のままで終わってしまった」ことなどだった。

だが稲葉がその先を求めて、「浅沼と牧原どのの関わりについて、何ぞ聞いたことはないか」と訊ねると、「いえ別に、そうしたことは……」と、いっせいに口をつぐんでしまう。

牧原が、稲葉とは同僚の『目付』であるから遠慮しているのか、すでに賭場を開かせた疑いで捕まっている牧原について余計なことを口にしてしまうと、それが処罰を決める決定打になりかねないから怖いのか、とにかくもう牧原の名を出したが最後、皆、何も言わなくなってしまった。

「奥右筆方の噂を知る者といえば、やはり坊主方ぐらいかと思いまして、訊き込みをかけてみたのでございますが、どうも存外、怖がらせてしまいましたようで……」

だが、それから数日後、目付部屋にいた稲葉のもとに、思いもよらぬ人物から文が届いたという。表坊主組頭の一人である、くだんの「岩本悦賢」からであった。

『御目付方皆々さまのお役に立てることでございましたら、もう何でも、話をさせていただきますので……』

と、文面からも目付方への好意が匂ってくるような内容であり、「いつにても、表坊主方の詰所をお訪ねください」とのことであった。

「いや、まこと、ご筆頭のお力添えというべきものにてございまして……」

以前、十左衛門が湯呑み所の一件で、岩本悦賢をはじめとする表坊主たちと、『徒頭』隅田伊左衛門が組下の番士たちの間を、見事、穏やかに繋げてやったことを、悦賢は今でも有難く大事に思っているのだという。

「悦賢どのがお言葉に甘えて、さっそくにその日の夕刻、坊主方の詰所を訪ねましたところ、すぐに御用部屋付きの坊主を幾人か呼び寄せて、その者らに話をさせてくださいました」

坊主方のなかには『御用部屋坊主』といって、老中や若年寄方々のお世話や雑用を専門にこなしている坊主たちがいる。

その彼らは、老中たちが昼八ツ（午後二時頃）にお帰りになられた後は、残務をこなしたり、掃除をしたりしているのだが、そうした御用部屋坊主を呼び寄せて、浅沼や牧原について「どんなことでも包み隠さず、稲葉さまにお話しいたせ」と命じてくれたのだ。

「して、稲葉どの。何ぞ浅沼が、牧原どのを恨むに足る一件でもござったか？」

「いえそれが、そうはっきり何かがある訳でもございませんのですが……」

御用部屋坊主たちが、まずは口々に言い始めたのは、浅沼弥五郎の『人となり』についてのことだったという。

「もとより浅沼弥五郎は、奥右筆方のなかでは『偏屈《へんくつ》な男』で通っているようでございました」

「ほう……」

十左衛門は、牧原と三人で会って話をしたあの時の、浅沼の頑固な様子を思い出していた。

「『偏屈』とは、上手く申したものだな」

「さようで」

稲葉が聞いた浅沼弥五郎の実態は、日頃、浅沼が老中方の使いとして目付部屋に来る時の顔とは、大分、違ったものだったという。

たとえば諸藩の留守居役などから『頂き物』をもらう際も、別段、断る訳ではないのだが、相手が何ぞ頼み事をはっきりと口に出し、「よろしゅうお引き立てのほどを、お願いいたします」などと頭を下げようものなら、とたん不機嫌な顔になり、「お力になれるか否かは、時の運もございますゆえ、やはりこたびは頂かずにおきましょう」などと、金品を突き返してしまうそうだった。

そんな風に慇懃無礼《いんぎんぶれい》な上に偏屈な浅沼であるから、諸藩の留守居が素通りするかと思いきや、大間違いで、浅沼のもとには引きも切らず留守居たちが訪ねてくるという。

それというのも浅沼は、元来が「一を聞けば、七、八までは判る」男で、話の通りが早い上に、上《うえ》つ方《かた》の痒《かゆ》いところに大抵ピタリと手が届くゆえ、牧原と同様、老中や若年寄たちには、非常に人気のある奥右筆なのである。

「そんなこともありまして、牧原どのが表右筆方から奥右筆方へと移られてきた時には、当時の御用部屋の皆さまのご推薦もあり、浅沼弥五郎が牧原どのの指南役に就いたそうにございました」

「おう。それならば、牧原どのからも聞いておる。どうも牧原どのは、一種、破格《はかく》に浅沼を信頼しておられるようでござったが……」

「そこなのでございます。たぶん牧原どのが浅沼に傾倒した理由《わけ》は、浅沼がどんな大《たい》藩《はん》を相手にしても、必ず自身の信条を曲げず、強気で接していたせいでございましょう。けだし浅沼は、自分が機嫌よくもらいたい時には、幾らでも上限なくいただいてしまいまする。そこが牧原どのとは、まったくもって違うところで」

「さようさな……」

大きくため息をついて、十左衛門は牧原の顔を思い出していた。

第一、牧原と浅沼では、根本の性格がまるで違う。浅沼は「偏屈」と呼ばれていることでも判るように、「他人から好かれる」ということに、あまり重きを置いてはいない人物なのであろう。

対して、牧原は正反対な性格で、「できれば他人《ひと》に感謝されたい。役に立つ男だと思われたい」と考える性質《たち》である。

奥右筆組頭を務めていた頃、なぜ牧原があれほど忙しく働いて、あれほど完璧に仕事をこなそうとしていたかといえば、それは偏《ひとえ》に、老中や若年寄や、上申を出してきた他役の幕府役人たちの、役に立とうとしていたに過ぎないのだ。

「これはやはり牧原どのに、儂《わし》の口から聞かせたほうがよかろうな」

十左衛門がぼそりと言うと、「はい」と稲葉もうなずいて、重い声を出した。

「浅沼が捕まれば、必定《ひつじょう》、すぐに外部《よそ》から牧原どのの耳にも入りましょう。できますならば、その前に、ご筆頭よりお知らせいただいたほうが……」

「うむ」

と、十左衛門は立ち上がった。

「牧原どのに会えるよう、今の話を、摂津守さまにも申し上げてまいる」

「はい」

そう言って稲葉は、いかにも「牧原どのを、よろしゅうお願いいたします」とでも言うように、深く頭を下げてくる。

見れば、後ろに控えている本間柊次郎も、稲葉に追随して頭を下げていて、この本間がさっきから目付どうしの会話に立ち入ることに遠慮しつつも、心配そうに牧原の話を聞いていたことに、十左衛門は気づいていた。

「桐野どのの一件も気になる。浅沼は、くだんの烏山藩からも『付け届け』の類《たぐ》いを受けておったようゆえ、桐野どのを手伝うて、調査《しらべ》を頼む」

「ははっ」

二人を残して下部屋を出ると、十左衛門は摂津守に面談の許しをもらうべく、手配を始めるのだった。

七

摂津守の許可《ゆるし》を得てきた十左衛門が、牧原のもとを訪ねたのは、その日もとっぷりと暮れた夜のことであった。

牧原が預けられているのは、母方の祖母の実家だという遠縁の屋敷で、上野《うえの》の寛永《かんえい》寺《じ》にも程近い下谷《したや》の武家町にある。

訪ねてきたのは二度目ゆえ、ここの屋敷の者たちは挨拶もそこそこに牧原のもとへと通してくれたが、奥の座敷に半ば幽閉になっている牧原は、顔色も青白く、幾ぶん痩せたようにも見えた。

「ご筆頭」

そう言って平伏してきた牧原に、十左衛門は開口一番、こう言った。

「朗報でござるぞ。貴殿を陥《おとしい》れようとした奸物《かんぶつ》が判った。奥右筆の浅沼弥五郎だ」

「え……」

牧原は小さく息を呑むと、そのまま凍ったように動かなくなった。

「…………」

瞬間、十左衛門は心のなかで舌打ちしていた。

牧原がこうなることは、半ば判っていたことである。

それゆえ、わざと「朗報」と言い放って、牧原の気持ちを浅沼弥五郎から引き離す取っ掛かりにしようとしたのだが、目の前でこれほど牧原に愕然とした顔をされてしまうと、浅沼を「単なる罪人」として淡々と取り扱うことができなくなる。

正直、可哀相《かわいそう》な牧原から目をそらせてしまいたいような心持ちであったが、十左衛門はすぐに目付筆頭としての自分に立ち返った。

「これより長い話になる。だが、よいか？　貴殿はもう目付だ。奥右筆組頭ではない。そこを常に忘れず、念頭に置いて聞いてくれ」

「…………」

見れば、すでに牧原は泣くのを我慢しているのか、顎《あご》が揺れて、返事もできないようである。

それでも、ついさっき見せられた凍りついた能面のような顔よりは、泣かれるほうが幾分か「まし」で、十左衛門は先を続ける勇気が出て、証拠となった灸助の言動の経緯を話し始めた。

「まずは昨日、灸助を尾行《つ》けていた本間柊次郎が、小石川の浅沼弥五郎の屋敷に、灸助が入っていくのを確かめた」

「…………」

牧原は震える唇を噛んで、目を伏せたが、泣かない。

それを見て取って十左衛門は、次々に先を話した。

灸助がわずかな時間で用事を済ませ、浅沼の屋敷から出てきたこと。

そのまま家には帰らずに、伝通院の門前町で安酒を梯子《はしご》したことと、その安酒に悪酔いして、店の女や客たちを相手に、「しみったれの平役人」と称して、浅沼弥五郎の大悪口を言い触らしていたこと。

その「平役人」から幾度か二分ずつの小遣いをもらい、一度は大きく五両の金子をもらったものの、それからはまた元の二分しかくれないと、客の男たちを相手にぐだぐだと愚痴を言い続けていたことまで、十左衛門は、すべて牧原に話して聞かせたのだった。

「本間ら徒目付たちは、お役目で市中を探る際には袴は着けず、着流しで浪人の体《てい》を保っている。それゆえ、こたびも店に入り、客として、はっきり聞いたそうだ」

「……ごりょ……」

はっきりと聞き取れた訳ではなかったが、牧原は今「五両」と、震える声でそう言ったようである。

「さよう」

と、十左衛門は、一種、止《とど》めを刺すように、牧原に言い聞かせた。

「おそらくは、賭場の世話の代として、浅沼が与えたものであろう。灸助は、小石川まで無理に押しかけて顔を出せば、浅沼が嫌がって、また大金を渡すかと考えたのだろうが、そうはいかなかったという訳だ」

「………」

すでに牧原は目を固くつぶって、必死に何かを我慢するように、胸で荒く息をしている。

十左衛門はその牧原が落ち着くのを、もう何も言わずに見守っていたが、再び目を開けた牧原が落ち着いた方向は、十左衛門が望んでいた先とは真逆《まぎゃく》のものであった。

「浅沼さまのお話も、おうかがいしとうござりまする」

「牧原どの！」

自分でも驚くほどの険《けわ》しい声が出て、十左衛門は、まるで自分が聞き分けのない甥《おい》っ子か何かに腹を立てているような心持ちであるのに気がついた。

見れば牧原は、すでに泣きそうな風ではなく、何かを一途《いちず》に思いつめたような頑《かたく》な表情になっている。

その何かはむろん「浅沼への信奉」であろうが、その信奉が今にも崩れそうになっていて、それを必死に立て直そうとしているのが、痛いほどに丸見えであった。

「大藩にも平気で息巻く浅沼の強さが、やはり頼もしゅうござったか？」

「………！」

十左衛門の言葉に、牧原が驚いて、向き直ってきた。

「いやな……」

その牧原にしっかりと目を合わせると、十左衛門は言葉を探しながら話し始めた。

「そも人間《ひと》は、『元来が臆病な者』と『そうでない者』とに分かれるのであろうと思う。拙者などは、実に疑いようもなく『臆病』の側《ほう》だ」

だが十左衛門は、そうして自分が「臆病であること」に、一種、安堵感のようなものを抱いているという。

臆病であるからこそ、常に自分がどう行動するべきなのか、自分がそうして動くことで、その先の自分や周囲にどう影響するものかを、懸命に想像し、検証しようとする。

もしすべて、自分のなかにも生まれる欲望のままに、豪胆に物を言い、行動を起こすことができたら、それはそれで愉《たの》しいのかもしれないが、やはり自分は臆病に、さまざま考えて毎日を生きているからこそ、安心して、自分を「好《よ》し」と思えるのだ。

「そうでなくては『目付』なんぞという職を、長く続けてなどいられぬゆえな」

十左衛門はそう言うと、城内では決して見せないやわらかい笑みを浮かべて、牧原を激励した。

「『奥右筆』も『目付』同様、難しゅうて愉しい御役であったろうが、目付には『頂き物』がないぶん、さっぱりとして、後《あと》の面倒がござらぬぞ。安心して戻って来られるがよろしかろうて」

「……ご筆頭……」

ようやくこちらに目を上げて、名も呼んでくれた牧原佐久三郎に、十左衛門はうなずいて見せた。

「追って謹慎も解けようし、さすれば、また年中無休の忙しさだ。身体をいとうて、飯も喰うておいてくれ」

「はい……」

小さく答えて牧原は、急にぐっと首を縮めて下を向いた。

早くも肩が震え始めている。

十左衛門はそれに気づかぬふりをして、急いで牧原を残し、座敷を出た。

自分と同様、「臆病の側」であろう牧原に、あの突拍子もない話は、無事、叱咤激励に聞こえたであろうか。

そんな心配を、また臆病に考え続けながら、十左衛門は下谷の屋敷を後にするのだった。

八

本間柊次郎の手柄で、牧原の無実の証《あかし》が立てられて、その代わりに奥右筆の浅沼弥五郎が捕らえられた。

捕縛の采配を揮《ふる》ったのは、首座の若年寄・松平摂津守の命《めい》を受けた『書院番《しょいんばん》』の者たちである。

その日、浅沼はいつものように勤めを終えて帰宅するため、役人の昇降口になっている『中之口』から本丸御殿の外へと出ていこうとしたところであったが、その浅沼を捕えるべく、書院番の番士らがワッとばかりに浅沼を取り囲んだものだった。

そうして浅沼が捕えられると、今度は早稲田村の灸助も捕縛となった。

灸助は百姓身分であるから、目付方が直に捕縛することはできない。十左衛門のほうから正式に、早稲田村を天領の一部として治めている『代官《だいかん》』に、捕縛の依頼が出されたのだった。

こうして二人が捕まって牧原の無実が明かされたのはいいのだが、いざ、こたびの一件に沙汰を下す段になると、なかなかに決定が難しかった。

事件はかなり複雑なものである。

浅沼は策を講じて牧原を陥れたのであるから、そのことだけでも『詐欺《さぎ》』という重罪に当たるのだが、たとえば『詐欺』で他人の氏名を詐称したり、武士が「伊豆守《いずのかみ》」なんぞと官名を詐称したりすれば、もうそれだけで死罪になってしまうのだ。

それに加えて、あろうことか浅沼が使った策は「賭場を開く」というものだったから、『詐欺』に重ねて『賭博《とばく》』の罪まで加えられることとなる。

浅沼は程なく評定所にかけられて、さまざま吟味された後、御家断絶の上、切腹も許されず、「一月《ひとつき》の後に、『打ち首』とする」として、裁決されたのだった。

一方の灸助は、さすがにそこまでの重い罪にはならなかった。

幕府は武士が『賭博』に関わることには、ひどく厳しい態度を示していて、基本的には『打ち首』で、情状酌量の余地があっても『切腹』である。

ところが一方、町人や百姓身分の者たちには、幕府はかなり寛大であり、重くても『遠島』、あとは『家財没収』や『江戸追放』、軽ければ『百敲《ひゃくたた》き』で済むことも多かった。

だが灸助は、牧原が不当に陥れられると知りながら、金で買われて、賭場を開く手伝いをしたのである。

欲得で人を窮地に追い込むという、心根の汚さが嫌われて、家財没収の上、江戸追放となった。

だが、こうして牧原と浅沼をめぐる一件に、ようやく終わりが見えかけてきた時に、先手頭と烏山藩の騒動を探っていた桐野や高木から、烏山藩一藩をつぶしかねない、とんでもない報告がなされてきたのである。

かねてより苦労して、藩主・大久保山城守忠卿の猟官運動の様子を探っていた桐野や高木は、烏山藩の留守居役が奥右筆の浅沼にも、以前からしごく金をつぎ込んでいたことをつかんだのである。

そうして何より烏山藩を一気に窮地に陥れることになったのは、浅沼が「賭場を開くための軍資金の二百両」を、烏山藩に出させたことであった。

浅沼は、烏山藩の忠卿を前にして、「次に『奏者番』の席が空いた暁には、私は必ず山城守さまを推させていただきましょう」と、日頃なら絶対に言わない甘言を口にしていたのだ。

だが烏山藩にとって運の悪いことに、忠卿が浅沼との談合に使った烏山藩の下屋敷には、藩への忠心など欠片《かけら》もない「渡り中間」たちが出入りしていたのである。

諸藩は上屋敷や中屋敷のほかに、別荘のような下屋敷を江戸の郊外に持っていることが多かったが、江戸城からも遠く、さまざま役人の目も届かないそうした下屋敷では、どうしても気がゆるんでしまうのが普通であった。

必定、今回のような内密な談合も、下屋敷で行われることが多くなる。

浅沼の甘言を真《ま》に受けて、いよいよ『奏者番』になれるかもしれないと狂喜した忠卿は、二十三歳という若気の至りもあって、庭掃除をする中間に聞かれるほどの喜びの声を上げてしまったのだ。

この大名家の秘事を面白がって、場末の酒場で自慢していた中間を見つけて、かねてより烏山藩の家臣たちの動向を探っていた高木与一郎が声をかけたという訳だった。

「いやしかし、まさかあの烏山藩までが、賭場の一件に絡んでくるとは……」

今、十左衛門と稲葉は、桐野仁之丞に誘われて、人に聞かれる心配のない目付方の下部屋に移ってきたところである。

もし中間の話が本当ならば、忠卿は大名でありながら『賭博』に深く関わったことになり、烏山藩が『改易《かいえき》（藩の取りつぶし）』になるのは、必定であった。

「ご筆頭、やはりここは摂津守さまにお報せし、大目付方とも諮《はか》りながら、しかるべく対処いたさねばなりませぬでしょうか？」

桐野の物言いは、いつになく回りくどい。日頃はもっと端的に、頭の良さがにじみ出るような物言いをするのが桐野なのだが、今は自分が言ったことに自信を持てずにいるのであろう。

目付としては、まずは正義を求めなければならない。

だがこれは「一藩をつぶさんとする大事」であり、その証拠となるのが、しがない「渡り中間」の世間話なのである。さりとて、おそらく忠卿が喜んで金を出したことも、浅沼が出世を餌に忠卿に話を持ちかけたことも、事実であるに違いないのだ。

十左衛門は桐野らの報告を聞きながら、すでに心は決まっていた。

「……浅沼に、訊いてまいろう」

「えっ？」

「ご筆頭……」

桐野も稲葉も、あまりのことに絶句している。

その二人に目をやると、十左衛門は凜《りん》として、こう言った。

「真実を知るのが浅沼と山城守の二人なら、目付方の我らに調べが許されているのは、幕臣の浅沼だけだ。浅沼にこれが事実か訊ねて、縦《よ》し、事実であったとしたら、そのことをはっきりと摂津守さまにご報告いたさねばならぬ」

「……はい」

と、前で二人も、力強くうなずいた。

こうして十左衛門は、あの偏屈で慇懃無礼な浅沼弥五郎に、再び会うこととなったのだった。

九

浅沼は、一月後《ひとつきのち》の『打ち首』を待って、実に静かに『預かり』の他家の離れで暮らしていた。

預かりは浅沼の従弟《いとこ》の屋敷で、牧原の時と同様、親戚の家である。

だが牧原と扱いが違うのは、こたびの一件はさまざまに悪質であったため、浅沼が暮らしている離れに見張りがついていることである。

目付方の下役の者が交替で、昼夜、見張り続けているのだった。

障子の外に見張りがいるそのなかで、十左衛門は浅沼弥五郎と対峙していた。

浅沼は、先に斬首《ざんしゅ》が待っているというのに、先般、牧原とともに会ったあの時と、いっこう様子に変わりはない。

その浅沼弥五郎に、十左衛門も淡々と「烏山藩との繋がりについて」訊ねると、浅沼は悪びれずにこう言った。

「付け届けの類いでございましたら、他藩と同様、当たり前に受けておりまする。そうしたことの、何がよろしくないのでございましょうか？」

相も変わらず、浅沼はしごく切り口上である。

「いや、それが不正に繋がらぬのであれば、幕府の物言うところではない。こたび、貴殿にうかがいたいのは、賭場の支度金のことだ」

「支度金？」

浅沼はこちらを馬鹿にするように、「ふん」と鼻息を一つした。

「いまだ『賭場の話』にございますか？　もう、そちらの牧原さまもご安泰でございましょうに、何を今さらうだうだと……」

「さようさな」

浅沼が巧妙に話を逸《そ》らせにかかっていることには気づいたが、十左衛門は、わざとこちらも逆らわずに、先を続けてこう訊いた。

「したが実際のところは、どうなのだ？　やはり『可愛さ余って、憎さ百倍』というところか？」

「………」

と、浅沼は、大袈裟《おおげさ》に目を丸くした。

「いや、まさか、牧原のことでございますか？」

「さよう」

十左衛門がうなずくと、浅沼はにやりとした。

「『可愛さ余って……』は、ようございましたな」

そう言って浅沼は、声にも出して笑い始めたが、つと急に、仏頂面《ぶっちょうづら》になって黙り込んだ。

「………」

「どうなされた？」

「牧原《あれ》をして『可愛い』などと言えるのは、妹尾さまくらいのもので」

「いや、そうでもなかろう」

本気で答えながら、十左衛門は浅沼と真っ直ぐに目を合わせた。

「ああして牧原《むこう》は泣くほどに、貴殿を慕《した》うておるのだ。牧原どのは、勘の鈍《にぶ》い性質《たち》ではない。貴殿に本気で可愛がられたのが判っておるゆえ、泣けるのであろうさ」

「………」

浅沼は、またもむっつりと黙り込んだ。

「いや、どうしたな?」

一膝ズイッとにじり寄りながら、十左衛門は浅沼を覗き込むようにした。

長年の取り調べの経験から、十左衛門はこうした瞬間《とき》が攻め時であることを知っている。

浅沼がなぜここまでして牧原を嵌《は》めようとしたのか、是非にも聞きたかった。

すでに浅沼の処分は決まっているから、今さら動機を聞いたところで『打ち首』に変わりはない。だがこの先、牧原が前に進んでいくためには、やはり浅沼弥五郎が何を思ってこたびの一件を仕組んだのか、知っておかねばならないと思っているのだ。

「どうした? なぜ黙っておる? 貴殿どうして今頃になって、『可愛げのない牧原どの』を罠にかけようとしたのだ? 目付に上がった牧原どのを妬ましく思ったのなら、もっと早くに足を引っ張ってしまえばよかったではないか」

「ふっ……」

と、浅沼弥五郎は、顔を歪めて、口の端で嗤《わら》った。

「昨日今日、付き合い始めたばかりの妹尾さまに、牧原《あれ》の何がお判りになるとおっしゃるので?」

「『あれ』とは何だ？　牧原どののことか？」

「…………」

浅沼は嗤いを止めると、今度は一転、まるで目付の十左衛門に訴えるように言ってきた。

「妹尾さま。あれは芯から図々しい男にござりまするぞ。長く奥右筆組頭をしていた父親《おや》の威光を大いに使い、一足飛びにこちらを越えて組頭になったというに、口では『浅沼さま』などと、いまだ殊勝なふりをして……。その上に、先般のあの態度にござる。すでに目付になったのだから、こちらになぞ頼らねばよいというのに、何と『間者《かんじゃ》（スパイ）を務めろ』と言う。あのあやつの図々しさは、まこと底なしにござりまする。これよりは妹尾さまも、せいぜいお気をつけになられたほうがよろしかろうと……」

言いたいだけを言い終えて満足したか、浅沼弥五郎は上機嫌に、にやにやと嗤っている。

「ほう……」

十左衛門は答えて目を細めたが、浅沼の卑屈な笑いに冷水をぶちかけるべく、いきなり言った。

「して、いま一度、話を戻すが、貴殿、賭場の支度金をどうした？　やはり烏山藩から出させたか？」

「…………」

一瞬、浅沼が黙り込んだ。

「どうした？　一藩の改易に関わるゆえ、やはり怖いか？」

「怖いのはどちらでございます？　私は『これ』が決まっておりまする」

自分の首に手刀を当てて嗤《わら》うと、浅沼弥五郎は飄々《ひょうひょう》として訊いてきた。

「誰の証言がございましょう？　それとも何ぞ、書付の類いでも？」

浅沼弥五郎はそう言って嗤って、煽《あお》るような目を向けてくる。

その目を真っ直ぐに見つめて、十左衛門は笑いもせずにこう言った。

「罪人の貴殿に、教える訳がなかろう。第一、それを訊いたとて、こちらが答えるとも思わぬであろうが」

「…………」

浅沼は目こそ十左衛門からそらさずに、悶々とただ眺め合う形となったが、その目からも口元からも、卑しい嗤いは消えている。

そうして二人で、どれほど黙って眺め合っていただろうか。障子の外で、キーッと鋭く鳥の声がして、ようやく再び時間《とき》が進み始めたような感じだった。

「……支度金は、すべて私が用意いたしたものでございます。この賭場の一件に、烏山藩はいっさいお関わりはございません」

「……ほう。さようでござるか」

十左衛門も少しだけ目を伏せた。

浅沼は何を思って、烏山藩を庇っているのであろう。

一藩がつぶれることは、やはりこんな偏屈な男にとっても、心の痛むものなのか。

それともまさか、この男のこうしたところに、牧原が浅沼を尊敬する真髄が表れているのだろうか。

見れば、浅沼弥五郎は、もう淡々と前を向いて座している。

たとえば今ここで十左衛門が、「貴殿はやはり烏山藩を庇うて、一人で打ち首になるつもりか」と訊ねても、偏屈なこの男が「そうだ」と答えるとは思えなかった。

やはりこの男の本音を見て取るには、方法は一つしかないようだった。

十左衛門は一つ大きく息をすると、決意して言い出した。

「証言は、烏山藩の渡り中間だ。そなた、支度金の話を持ち出す際に、烏山藩の下屋敷で話したであろう。忠卿さまの喜びようが、庭まで『丸聞こえ』に聞こえたそうだ」

「……ふう……」

浅沼弥五郎の口から、はっきりと息が漏れた。

そうして次には、その口の端でわずかに微笑《ほほえ》むと、何やら妙にすっきりした顔になって、言ってきた。

「支度金は、私の持ち金《がね》でございます。それに相違はございりませぬ」

「相判った」

そう言って立ち上がると、十左衛門は、もういっさい浅沼を振り返らずに、離れを出ていくのだった。

奥右筆の浅沼弥五郎が、小伝馬町にある牢屋敷にて『打ち首』となったのは、ちょうど一月《ひとつき》経った、夏の初めのことである。

烏山藩の御家騒動が発覚したのも、ちょうどその頃である。

襲撃を受けて寝たきりであった烏山藩の江戸家老・沢波が、改めて主君・忠卿の押し込め許可の嘆願を出し、無事にその嘆願の許しが出て、忠卿は幽閉となった。

牧原はといえば、いまだ浅沼弥五郎の影を引きずっているらしい。

だがそんな、一息に何かを断ち切れない新任目付に、十左衛門は「筆頭」としてではなく「人間」として、やはり一片《いっぺん》の好ましさを感じずにはいられないのだった。

時代小説

二見時代小説文庫

新任目付《しんにんめつけ》 本丸《ほんまる》 目付部屋《めつけべや》6

著者 藤木《ふじき》 桂《かつら》

発行所 株式会社 二見書房
東京都千代田区神田三崎町二－一八－一一
電話 〇三－三五一五－二三一一［営業］
〇三－三五一五－二三一三［編集］
振替 〇〇一七〇－四－二六三九

印刷 株式会社 堀内印刷所
製本 株式会社 村上製本所

 ISBN978-4-576-20060-6
https://www.futami.co.jp/